U0926195

延安，延安

牛维维◎著

人民日报出版社
·北京·

图书在版编目（CIP）数据

延安，延安 / 牛维维著. -- 北京：人民日报出版社，2021.10

ISBN 978-7-5115-7163-2

Ⅰ. ①延… Ⅱ. ①牛… Ⅲ. ①赋—作品集—中国—当代 Ⅳ. ①I227.9

中国版本图书馆CIP数据核字(2021)第217028号

书　　名： 延安，延安
YANAN, YANAN
作　　者： 牛维维

出 版 人： 刘华新
责任编辑： 袁兆英　刘晴晴
封面设计： 邢海鸟

出版发行： 人民日报出版社
社　　址： 北京金台西路2号
邮政编码： 100733
发行热线： （010）65369509　65369527　65369846　65369528
邮购热线： （010）65369530　65363527
编辑热线： （010）65363105
网　　址： www.peopledailypress.com
经　　销： 新华书店
印　　刷： 河北盛世彩捷印刷有限公司
法律顾问： 北京科宇律师事务所 010-83622312

开　　本： 880mm × 1230mm　1/32
字　　数： 130千字
印　　张： 6
版次印次： 2021年11月第1版　2021年11月第1次印刷

书　　号： ISBN 978-7-5115-7163-2
定　　价： 38.00元

延安，延安！

贺敬之题

贺敬之题

贺敬之：曾任国家文化和旅游部副部长，中共中央宣传部副部长，国家文化和旅游部代部长，中国文联荣誉委员，中国作协名誉主席。其代表作歌剧《白毛女》是民族歌剧的开山之作，半个世纪以来，他写下《南泥湾》《回延安》《雷锋之歌》《八一之歌》《十月颂歌》等经典作品，被誉为时代歌手，人民诗人。

錦繡前程

乙亥年 張勃興

张勃兴题

张勃兴：曾任全国政协第九届委员会常委，中共十三届、十四届中央委员，中共陕西省委书记，陕西省人民政府省长。现任中华诗词学会顾问、中国散曲学会顾问，著有《荏苒录》《诗词曲赋漫谈》《金秋岁月》等十余部作品。

心中的图腾

——序《延安，延安》

立冬刚刚过去，延安就骤然变得冷了起来，黄土高原漫长而寒冷的时刻马上就要到了。一日傍晚，电话响起，来电话的是一位在校大学生，他说，曾利用假期在延安做过考察，撰写了赋文集《延安，延安》，想请我为该书作序。

我反复讲自己已年近八旬，力不从心。古汉语基础差，对赋文了解甚微，劝他另找高人。可是，这位后生坚持要我对他的这部关于延安的历史文化专著“把关号脉”。

两天后我收到书稿，细细翻阅，却大为震惊。书稿中可圈可点的佳句，频频出现；每一篇都极为用心，辞藻纯朴，文采斐然，典故迭现，功底深厚；作者对延安文化感悟到位，表述得当，并且写出了特色，写出了新意。我想，赋写延安，赋写红色文旅题材，这本《延安，延安》应当是文学界的绽蕾新花。二十二岁的后生能有如此文学功底和研究态度，能于浮躁的世俗社会中潜心赋学，热爱传统文化，又歌颂延安，抒情陕北，让我这个即将步入耄耋之年的老汉深受感动。

一

半个多世纪以来，我一直行走在陕北黄土高原这块有形及无形的土地上。我以为，陕北不仅是地理概念，更重要的是文化概念。作为中华民族精神象征的黄河、长城和黄帝陵，非常奇妙地在这块土地相聚，在她赤裸裸的大山中，弥漫着一种古老而神秘的文化色彩。

多少年来，有诸多先贤、英雄豪杰，为了人类的文明和进步，在这块土地上洒下了汗水、泪水和鲜血。因之，这块土地的每一粒沙土，每一株草木，都饱含着先贤们思想的结晶、智慧的信息。

陕北是一块大磁场，陕北拥有大气场！

有一个叫欧·波·史密斯（Smith,E.F.B）的英国传教士，翻阅了大量历史文献，在陕北做了多年的实地考察，一百多年前，在伦敦出版了《一个传教士与政府官员的对话》，刘蓉博士译本为《辛亥革命前后的延安》[①]。

史密斯在书中写道："不管我们曾对延安府的未来有无贡献，有一个事实是无法改变的，那就是延安府的历史不会是从我们开始，它的历史比亚伯拉罕[②]还要古老。我们的调查工作渐渐产生了一种近似敬畏的谦卑。我们生活在一个有着永恒过去的地方，中华文明进程中，几乎所有的重大事件都与这个地方密切相关，有些甚至具有世界性的意义。对这个地方了解得越多，敬畏也与日俱增。”由此可见这块土地的神圣与厚重，以及它在文明发展史上的重要地位。二十世纪三十年代的“红军运动”和六七十年代的“知青运动”，进一步印证了那位英国传教士一百多年前的预言。

二

《延安，延安》共分了三个篇章。

第一篇章：古邑名镇，圣地红都。本篇是为延安市和下辖十二个县各写了一篇赋，对地方的区域位置、地理环境、历史人文、经济发展描写得面面俱到。游览天然氧吧、第一肺叶的黄龙，走进灵秀昭然、文渊厚重的黄陵，回眸子长、志丹曾经的硝烟弥漫，感受甘泉、洛川的荟萃人文和淳朴民风。一字一句带着对这块土地深情的体验和热爱，情感饱满真挚，耐人咀嚼。延安自古以来就是兵家重镇，是多民族征战融合的重要区域，每一个县都有自己的名片，都有自己的身世和故事，都有着无与伦比的辉煌过往和文化底蕴。不论是土著的陕北人，还是客居陕北的异乡人，一旦投入她的怀抱，让自己的心灵与这块土地同步震颤，就能获得这块土地的能量，取得巨大的成功。

我想本书的作者牛维维就是投入这块土地的怀抱，让自己的心灵与这块土地同步震颤的异乡人！

第二篇章：陕北高原，山川形胜。集中描写黄土高原鬼斧神工般的杰作，自然场景境界洞开，感悟深刻灵动。仁者乐山，智者乐水，自古以来的山水大都被刻上了人的烙印，山水人文融为一体。这里的每一座大山都活着，每一条山沟里都流淌着奇妙的传说……

第三篇章：红色遗址，圣地风俗。枣园、杨家岭、王家坪、四八烈士陵园、延安革命纪念馆等，勾起了我们无数的回忆，多少年来，我们生活在革命先辈浴血奋战过的土地上。每当我走进那运筹兵计的窑洞，眼前浮现领袖们在煤油灯下思考家国大事的身影；每当我看到那巍巍宝塔被夕阳映红，不禁想起人民军队的铁流中那些用身躯建筑共和国大厦的先驱；每当我拄着拐杖信步在延河岸边，仿佛看到延河水的浪花里都有当年烈士们的鲜血。十三年的春秋里，这里的每一孔窑洞都战栗过，这里的每一寸土地都被染红过，战火弥漫，举步维艰。这里升起了中国的东方红，大地惊雷撕开了遮天的云，满地春风吹散了盖地的雾，这里被称为中国革命的摇篮，孕育了光照千秋的延安精神。

三

《延安，延安》，如一帧画卷徐徐展开，立意高远，别具一格，给我们提供了一个解读延安的新视角，是一部具有时代性、独特性的创作文本。尤其是在当前的古体诗创作领域，越来越多的人喜欢填词写诗，辞赋创作者却渐渐变少，甚至在年轻一代几乎出现了断层的现象。此时此刻，写赋变得难能可贵，赋写延安全貌更是屈指可数、凤毛麟角。与古人的赋文相比，牛维维的赋文中避免了很多晦涩难懂的生僻字，全书坚持了古赋为体，今词为用的立场，将文章变得朴实易懂，又不失辞赋风格，这种创新在现在人的辞赋创作中甚是难能可贵。

在黄昏与大地接吻之际，作为一位年迈的本土诗人，捧读牛维维的《延安，延安》，情难自禁地吟唱出他“心中的图腾”：

是谁，击落了太阳？
鲜红的血，
溅了一天！

所有的男子汉，都躬着脊梁，

朝西方下跪;
黄昏，吮吸着村妇，
微颤的乳峰……

呵，大地、星空，
厚厚的黄土层，
是几十万年前风化了的陨石吗?
天体演化的奇迹，
在眼前闪现:

一具圣洁而雄健的躯体，
养育了一个黄色的部落
黄色的人群……

不息地追逐生命之光，
和所有的星球一起拼搏、运行;
天是旗帜，地是旗帜，
黄河，是我心中的
图腾!

这是我阅读牛维维赋文集《延安，延安》的真切感悟。

不知是否可用此文以代该书之序？

曹谷溪

2019年11月26日即兴于延安虎头园书馆

注释：

①《辛亥革命前后的延安》是西北大学博士刘蓉译作，2011年12月陕西人民出版社出版。

②亚伯拉罕，原名亚伯兰，是犹太教、基督教和伊斯兰教的先知，也是传说中希伯来民族和阿拉伯等民族的共同祖先。

曹谷溪：路遥挚友，陕西省作协主席团顾问，《路遥研究》主编、西北大学、中国延安干部学院兼职教授。曾写下长篇通讯《取火记》，著有多部著作，2019年根据他创作电影剧本《周总理回延安》改编摄制的电影《周恩来回延安》获得中宣部“五个一工程奖”，登上中央电视台《故事里的中国》讲述路遥。

目　录
CONTENTS

目　录

CONTENTS

目　录
CONTENTS

目　录
CONTENTS

第一篇章：古邑名镇，圣地红都

延安赋

秦北腹地，天下形胜，青峰耸峙，群山为屏。西毗陇东，锁狼烟于塞外；东瞰中土，陈雄旅于要津；北控内蒙[①]，望长城而生畏；南贯三秦，佑帝都以安宁。关塞千里，边陲古郡，五路命脉，福地佳境。执西冲之管钥，扼左衽之喉襟，长城因河为塞，洛水与之为襟。

仰韶遗址，龙山文明，人文厚重，光耀汗青。禹贡属鬼方，殷商归犬戎，西周有白翟，秦汉赐县名。群雄逐鹿，风萧马鸣，刀光剑影，风骚各领。轩辕大战蚩尤，华夏一统；大禹壶口治水，大德恩情。疾风卷起，长戈裂云，残阳如血，烽火鏖兵。韩世忠驻军卫延州，范仲淹陈兵守嘉岭。文明碰撞，历史绝尘，辉煌出土，举世震惊。宜川有盘古传说，延川有伏羲佳话，黄龙出土头盖骨，子长惊现石窟群。宗教艺术，活跃古今人文；洞窟古塔，彰显汉唐风情。开窟礼佛，数量之多堪称佛国；兴盛成风，雕工精细后人震惊。子长石宫寺，清凉万佛洞，富县宝室铜钟立，嘉岭山上宝塔擎。道教滋衍，璞然归真，延安建成清真寺，领袖笔墨题盛名。太和山上，香火旺盛；石碑雄文，艺术精品。李太白坊州酬咏，杜子美江月对吟。关学至理，达用通明，张载胡瑗，关中盛名。翻史册，览胜情，文思泉涌，深深回萦。多少文人骚客，触景生情；无数名篇佳句，传颂古今。

雄伟古城，天造胜景，高原底色，地蕴风情。大秦修直道，遗存古长城，纵横列万山，南北亘长岭。巍巍宝塔山，滔滔延河水，延河边上千行柳，冬去春来景复生。清凉有意藏千佛，太和神秘道观隐。

凤凰祥鸣，夕阳塔影，华灯初上，万家灯明。魂牵梦萦，修身养性无量山；谒祖祭奠，寻根溯源黄帝陵。壶口瀑布，蓄势千仞浪滚滚，九曲黄河一壶收；石门雄关，奇石高耸雾蒙蒙，百里关隘百家拼。风光旖旎南泥湾，秀美不输江南；神秘奇观乾坤湾，钟情历史缩影。劳山亦称后花园，使春风沉醉；蟒头秀丽小太白，令佳人梦惊。天然氧吧，盘衍如龙，静心放空黄龙山；层林尽染，枫红若血，驱车漫行神道岭。穆柯寨前，桂英练兵一幕幕；万花山上，木兰往事一帧帧。山峁起伏，沟壑纵横。一道道坎儿沟，辛劳无数陕北汉；一条条鱼脊梁，压弯多少农家人。

激情岁月，陕北闹红，长征落脚，红色革命。圣地出了刘志丹，中国出了毛泽东，中共延安十三载，轰轰烈烈辟征程。千年巨变，历久弥新，红星照耀，坚定前行。团结商学工农，解放劳苦大众。多少鲜血，染红延河水；无数白骨，堆砌青松岭。遗址星罗棋布，旧景复原重生。铭记瓦窑堡，一战名震乾坤；难忘书记处，彻夜灯火通明。总理留迹王家坪，主席常住杨家岭。革命纪念馆，四八烈士陵，睹物思人泪长襟，英贤石碑长留名。延安精神，中国之魂，激励无数后人，承载几多深情。

民俗质朴豪放，艺术洋洋大兴。东学西术，北俗南风，异彩纷呈，演绎风情。封存保留原生态，山坳深处尽留痕；开放吸纳新元素，峁梁上面百花吟。多元一体，和谐共存，艺术林苑，特色鲜明。手工灵羽，妙趣横生，静美绚丽，彰显德馨。镂空出彩，尺幅有寸，剪纸走向世界；别具一格，原始之风，面花非遗珍品。农民画艳丽生动，布堆画出奇创新。延安五鼓，誉满天下，陕北秧歌，盛世有名。历久弥新，民间有说书；雅俗共赏，陕北有道情。璞玉浑金，响遏行云，一曲曲信天游，唱醉心窝窝；回味悠长，醇香徐生，一碗碗羊肉泡，上桌热腾腾。黄龙核桃，贩卖关中，子长洋芋，运输三晋。甘泉豆腐，块块酥软，延川红枣，颗颗赤红。一方人现一方俗，十里乡俗各不同。羊肚手巾双耳形，三道道蓝里风格明。多姿多彩，风潮流韵，习俗隆重，淳朴热情。一排排窑洞，群星点点，御寒防风；一通通灯笼，彻夜长明，年味浓浓。明日黄花，历史身影，风俗如画如诗，装点盛世丹青。

如鱼得水，若木逢春，改革开放，万象更新。生态治理，效果鲜明，青山绿水，树木万顷。退耕还林第一市，红色之都第一名。旅游发展，商业大兴，招商引资，政策扶贫。国道高速成经纬，北上南下乘铁龙；宜居小区落成群，高楼大厦立成林。产品生产，资源开采，地域特产畅销海外，石油煤矿变成金银。举八纮雄力，开盛世新区，中疏外扩，上山建城。百年大计，洒惠播霖，深思践行，致力转型。以保红色根脉，以造百姓福祉，敢开先河，勇于创新。一步步实验，一次次推进，专家论证，科研支撑。阡陌纵横，高楼比邻，三区规划，共振同频。殚精竭虑，万象更新。泱泱大手笔，惊羡全国；浩浩新征程，震撼人心。新区开发，人才引进，如虎添翼，再奏强音。任重道远，新增繁盛，圣地巨变，岁月峥嵘。夜幕降临，华灯初上，漫谈星月，望穿霓虹。新址雍熙，伟建栖梦，万顷美景，家园温馨。功在当代，利在千秋，云鉴山河，秀丽之风。东风入律，领航复兴，不辱使命，以致精诚。

煌煌然，亿人共筑红色梦；欣欣然，万人齐颂延安情。

注释：

①这里指内蒙古。

延川赋

红色热土，山花烂漫，宽梁广塬，厚土高天。

名域延川，古今来叹！西仰宝塔，东阚三晋，得要冲之势；北接榆林，南靠延长，守苍茫之塬。秦川八百里，独有一片天。天地蕴灵气，位置独特；山川育人杰，地理非凡。

风景延川，山水竞妍！风光旖旎，丹青画卷，神秀群出，誉享天然。灵秀彰物华天宝，胜景盖神奇大观。黄河有魂，天造乾坤宏湾；青山写意，涵养地质公园[①]。巨蛇观岛，天下奇绝，九龙戏珠，伸颈离叹。秦晋大峡谷，古渡清水关。乾坤亭中定乾坤，文思泉里涌文澜。摩崖天书，写不完历史沉沦；千年古窑，道不尽名邑陈变。鲁艺旧址地[②]，走出多少大师；民俗博物馆，尘封无数情牵。统万城中，武烈丰碑伫立；《法门寺》里，贾桂墓冢摊散。

人文延川，百花齐绽！文明圣地，历史悠远。河图洛书，乾坤望远，阴阳太极，八卦发端。伏羲观河，智慧推演，影响后世，意义深远。俯则观法于地，仰则观象于天。通神明之德，文明肇始；喻万物之情，赖兹繁衍。商住鬼方，大隋设县，民族融合，混杂蒙汉。武德九月，段德操攻克文州；顺治二年，满洲族入主延川。金戈铁马，屡起硝烟，朝代更迭，百姓苦难。永坪会师，三支铁流铸劲旅；边区拓荒，军民同心辟新天。一颗红星，指引方向，一方沃土，谱写华篇。良田蔽野，麦浪回环，得以天保，助力抗战。漫漫黄土，养育英才无数；烨烨摇篮，成就风流万千。诞生茅奖，享誉中外，奇出秀才，不输江南。举贤良方正，文状元李部[③]，寓褒贬于清和之中，阐忠义于词气之间；看平凡世界，大作家路遥，为文学而殚精竭虑，著小说以影响深远。知青岁月，难忘斯年，总书记插队梁家河；轮椅作家，血泪丹青，史铁生长歌清平湾。名冠“黄河之子”，古朴经典，版画首推冯山云[④]；蝉联“黄河人家”，精巧别致，剪纸当属高凤莲[⑤]。信天游展喉高唱，大秧歌舒臂同欢。说书流行，唇齿谈论古今；道情偶见，片语体味冷暖。

盛世延川，锦绣家园，日新月异，科学发展。交通纵横，出行方便，广厦千顷，别样局面。乌金滚滚，加工冶炼，工业强县，跨越发展。生态文明，绿水青山就是金山银山；文化推进，万民和谐方能打造示范。理念学习，落实贯彻，尽开新颜，再续新篇。

注释：

①黄河蛇曲国家地质公园：黄河流经延川县境内，鬼斧神工、浑然天成五个巨型大湾，分别为漩涡湾、延水湾、伏寺湾、乾坤湾、清水湾，蜿蜒曲折，景象奇特。特别是乾坤湾，气势雄宏，内涵深邃，被誉为“天下黄河第一湾”。黄河秦晋峡谷延川段命名为“黄河蛇曲国家地质公园”，沿百里峡谷漂流而下，可观赏女娲峰、伏母寨、忘海神龟、八卦石、龟背石、巨牛石等离奇怪石和摩崖古寨、摩崖石刻等奇特美景。

②“鲁艺”学校旧址：“鲁艺”，于1938年4月10日在延安成立，1940年后校名全称为“鲁迅艺术文学院”。

③李郃，字之玄，延川县人，唐文宗大和元年科状元及第。

④冯山云：版画艺术家、剪纸艺术家、布堆画艺术家，有“黄河之子”美誉。

⑤高凤莲：著名剪纸艺术家，作品“黄河人家”获得金奖。

吴起赋

北通大漠，南进中原，西望甘陇，东毗靖边。关隘重重，土垒纵列，兵家重镇，战事频繁。沟壑深宕，峁梁狭长，八川两涧两山区，腾跃高原尽蜿蜒。红色摇篮，长征胜利落脚点；绿色革命，退耕还林第一县。彪炳史册，长歌记言。①

绿色吴起，宜居家园，纳绿凝翠，碧水蓝天。千山起伏，万壑逶迤，生态立县，九州方圆。山苍苍，野茫茫，鱼翔清涧，鹰飞九天。深库亦有边墙渠，环绕长城动容；水利首推玉皇庙，泽被子孙无限。涧地铺开，谷宽粱缓，残台低洼，城堡连连。金汤城固若金汤，鸡嘴堡形似鸡嘴。宁塞堡、矜戎堡，堡堡铜墙铁壁；定边城、通庆城，城城曾迭烽烟。头道川、二道川，川川广袤；周湾涧，长城涧，涧涧平展。北洛河，偷得黄河千瓢水；无定河，秀借长江一波澜。杜梨树下指挥所，洛河西边胜利山。盛夏喜悦，麦香弥漫，盛景金秋，层林尽染。小叶杨迎风招手，文冠果香飘群山。每到新世纪，依思旧伤痕，曾有满目疮痍，总教斯人辛酸。移民浪潮，开荒屯田，膏壤难以负重，方隅骤遭祸患。山洪无情奔袭，黄沙漫天飞舞，荒野风号雪卷，生民苦苦哀怨。幸有仁人志士，见识卓远；更有国家重视，绿化手腕。一城参与，全城动员，斗争毛乌素，复原一笼烟。汗水栽培幼苗，玉露滋润草甸，沙棘遍布莽原，绿草覆盖荒山。万象复兴，千绿尽染，青山感激，县志畅言。登上《焦点访谈》，各界盛誉称赞。②

英雄吴起，业绩煌煌，旖旎人文，婺星灿灿。群雄逐鹿，厮杀鏖战，金戈铁马，烽火血染。留下荒凉古战场，埋藏白骨彻塬寒。忠魂亡灵无数，长城遗址六段，镌刻荣辱浮沉，见证历史变迁。吴起奉喻，屯兵戍边，功高震主，归宿不堪。拜将入相，未能和光同尘；知晓天命，何尝皆尽人愿。雕塑伫立，威风凛凛，右手叉腰，左手执剑。双目有神，眉宇含恨，洛水一去不复返，自古功名难两全。著书立说，当学王阳明；功成身退，必属曾国藩。汉高祖以秦为鉴，置县划郡；隋炀帝大兴运河，凿石开山。北宋叛将李讹移，蒙羞汗颜；文武兼备范仲淹，大义凛然。五姑娘齐心守城郭③，三姐妹协力共鼎足④。韩琪领兵七千攻西夏，福将夜走百里阻四援。神一元起义宁塞堡[5]，陈三槐丧命祭荒原。鉴日月之有情，历风雨而神伤，观岁月之纷繁，经古今而变幻。煌煌历史，难以书尽，烨烨人文，苦难斑斑。

红色吴起，革命典范，罡风浩浩，薪火相传。长征二万五千里，红星一颗耀坤乾。播撒革命种子，拓展红色政权。一片丹心，勇赴国难，横刀立马，地动天翻。吴起儿女，矢志不变，呼唤胜利，奋力抗战。凛凛浩气彻北国，信念如磐感动天。乾坤扭转，境开新元。

腾飞吴起，全国示范，时代春天，谱就新篇。城乡统筹，农工并举，十大工程，楷模典范。陕北革命老区，延安石油基地，日臻完善，蓬勃发展。西部百强，四次入围[6]，陕西强县，五次蝉联。惠民项目，春风送暖，住宅小区，棋盘比骈。安得广厦千万，农民市民欢颜。"天龙杯"展示风采，太极拳品味悠闲。茶余饭后，演绎陕北说书；节假空档，阖家自驾游玩。最美吴起，一片升平之象；红色圣地，万家幸福美满。

注释：

①1935年10月，中央红军结束二万五千里长征在吴起县落脚，这标志着中央红军长征取得了阶段性的伟大胜利。1936年6月，红军西征期间，吴起作为大后方，吴起人民又大力支援红军西征，做出了重要贡献。因此，诗赞为："胜利山

上挥巨手，宝塔山下写春秋，西柏坡村头大运筹，天安门城楼国歌奏。”

②2009年9月，全国退耕还林工程建设十周年总结大会在吴起县召开，吴起退耕还林工作受到各级领导的充分肯定和一致好评，《焦点访谈》做了深度报道。

③五谷城，原名五姑城，相传宋朝时这里被西夏所占，有五个姑娘分守城郭，赐名五姑城。新中国成立后，为预示风调雨顺、五谷丰登、人民生活幸福安康，1958年更名五谷城。

④赫连勃勃于凤翔元年征民夫十万人筑都城名曰统万时，吴起属夏国辖地。赫连夏时，不设郡县，“筑城以外之”“相传铁边城、田百户城、琵琶城有胡女三姐妹，互为鼎足，各守一城”。

⑤神一元（？—1631），吴起宁塞堡（今长城乡黄涧村）人，出身贫苦农民。壮年时，曾在陕西延绥镇（军事单位）服兵役，时称“边兵”；后于明代崇祯三年（1630）领导三千多边兵起义，给明王朝以沉重打击，后因中敌人奸计等原因起义失败，神一元战死。

⑥2005—2008年，吴起连续四年入围陕西省县域经济社会发展十强县行列，跻身于“中国全面小康成长型百佳县”和“2008年度全国最具区域带动力中小城市百强”行列。

志丹赋

薪火圣都，礼歌当赞，将军故里，誉享秦川。

绿色志丹，笔墨长卷，白鹿放歌，青山呐喊。大河滔滔，奔涌向前，碧水悠悠，襟怀河山。东接安塞，揽尽腰鼓风情；北邻靖边，清风徐徐弄弦；西望吴起，再添革命圣火；南毗甘泉，带来玉液可鉴。三川交汇之地，如玉带铺展；三峰耸峙之所，若叠嶂龙盘。洛河荡漾，浩野茫茫，险崖奇石，人心震撼。永宁突兀，三台空悬，金鼎伫立，三山比肩。境内红砂岩，赤若云霞；映红半边天，貌似血染。祥云入海，浓雾环山，深壑之中藏幽幽仙境；峭峰入云，古刹芳韵，盖廓之间彰森森庄严。遥遥相望，巍巍挺拔，仙女下凡所化，天阙之最奇观。集一方神韵，绘九州之画卷；纳千年溢彩，映一隅之天然。大美无言，姊妹珠连，芙蓉生香，醉美人间。

九吾神秀，形若马头，乘龙马之势；林木茂密，雾盖山峦，享黄海之妍。道教真身，泥塑坐化，三秦无双，全国罕见[①]。太白山，盼玉凤献瑞，望飞龙呈祥，鸟筑巢于山间，花飘香于危盘。龙泉寺，听晨钟暮鼓，悟莲花坐禅，一岁一枯荣，一瓦一变迁。风光旖旎，电影于此取景；灵秀巍然，骚客在此留言。时历千年，苍山不改旧颜；恰逢新世，青峰已是奇幻。

古色志丹，历史悠远。石器时代，祖先于此留迹；追溯轩辕，文明至此繁衍。人文厚重，日月斑斓，风高万古，壮美鸿篇。战国秦汉建都城，三国两晋属匈奴，唐武年间始设县，大宋王朝定保安。凄凄白骨烈士陵，更名纪念刘志丹[②]。几经嬗变，文明五千载，风貌新颜，烈士数百年。卫人吴起据洛水，为战国增色；先锋狄青镇固寨，令西夏汗颜。解元眉疏目俊，骁勇善战；延庆立功无数，风光尽揽。刘光世列七王之首，封将军之衔；范仲淹筑栲栳山寨，属爱国名贤。

红色志丹，薪火相传，华夏遭难，江山血染。少年大志，力挽狂澜，灵魂人物，历史标杆。民族领袖毛泽东，石窑洞里点油灯，作战图上挥乾坤；革命英雄刘志丹，领兵时节斩敌寇，大西北中捷报传。浴血奋战，将星陨落。苍穹为之落泪，大河为之号啕，白云为之低语，百姓为之悼念。润之题词，恩来挽联，上下五千年，英雄万万千，现世革命人，铭记刘志丹[3]。《人民日报》发文,《西行漫记》称赞，现代侠盗罗宾汉，惩奸除恶真天鞭[4]。重重迷雾，星星谜团，令江山失色，让百姓哀叹。三十二岁意外就义，半世纪星光灿烂。壶口失声，太行正脉，泱泱兮青史难青，浩浩乎忠心可鉴。

彩色志丹，时代新颜，改革发展，城乡巨变。跻身西部百强，物华天宝；位列陕西十佳，名重位显。全国文明城，延安红色县，绿水谱新歌，蓝天作长传。《红都颂》催人泪盈,《兰花花》走心循环。山歌对唱，牛羊听醉，扇鼓铿锵，山川弄弦。歌千缕激情，和谐发展；唱万般萦怀，明朝斑斓。瞻红都薪火，一流志丹；缅革命精神，无愧志丹。

注释:

①九吾山：是一座宗教名山，在昔日道士生活的石庵内存有一尊真身坐化泥塑彩绘像，是“陕西无双、全国罕见”的道教真人肉身坐化像。有关专家学者采用现代技术进行鉴定论证，初步认定成像时代应为明末清初，是目前已知唯一一件这类雕塑品，该坐化像全国罕见，陕西省首例。2007年11月12日，中央电视台《科技博览》节目以《马头山（九吾山另一称谓）泥塑之谜》为题，向全国播出，引起宗教界和研究部门的广泛关注。

②志丹县：原名保安县，是为纪念“群众领袖、民族英

雄”刘志丹将军而更名为志丹县。

③1936年4月，刘志丹在山西中阳县三交镇战斗中光荣牺牲，时年三十三岁。后来，毛泽东为他题碑：“群众领袖，民族英雄。”周恩来为他题词：“上下五千年，英雄万万千；人民的英雄，要数刘志丹。”

④美国记者斯诺在《西行漫记》这本书中评价刘志丹为“现代侠盗罗宾汉”“惩奸除恶的天鞭”。

子长赋

千年古邑，历史名城，莽原俊秀，群山丰隆。北望榆阳，南通关中，高原腹地，浩渺无穷。三川两岸，三水流经，六山环抱，绵绵峰涌。秦关之保障，兵家之必争，边镇之咽喉，西塞之要冲。

暮霭沉沉，青史长存，朝阳艳艳，露水无踪。夏商属雍州，春秋归白翟。秦朝一统，阳周设郡；楚汉争霸，诸方称雄。改朝换代，嗣后几经，遂至元朝，置县安定。近代革命，更名子长，沿用至今[①]，纪念英雄。狼烟四起，敌我相遇，金戈激碰，刀光剑影。尸骨遍野，哀怨声声，战鼓擂擂，号角长鸣。春秋争霸，战国兼并，齐楚燕韩赵魏秦，远交近攻大秦赢。蛮夷争壤，匈奴犯境。一时决策，雄师列列戍北方；千秋功业，民夫百万筑长城。突厥入侵上郡，百姓劫难；文帝发兵朔方，威严重振。岁至熙宁，梁乙强攻承平寨，庐室俱空；时值元丰，曲珍大破黑水堡，六畜皆尽。安定之西，筑起天降山；重和之年，更名制戎城。西夏进攻延绥，金兵顽守，未能得逞；鞑靼入主安定，市野呈空，百姓皆惊。闯王拥兵四万，铁骑令太守失措；朱龙驻扎三日，一令使雄兵离境。捻军与清军周旋，逃亡与暴动共临。井秀岳欺压百姓，民众反抗；阎红彦组织革命，一呼百应。遭遇营盘山，伏击董家寺，偷袭窑则峁，战斗马家坪。山河遭难，烈火熊熊，军民同忾，热血腾腾。天床地被，沐雨经风亲人泪；青史有记，赞歌长铭赤子情。

山河稳固，香火祭瓮，后世敬仰，歌咏传诵。蒙恬服药在阳周，扶苏自尽于上郡。叹惜良将，久久难平，读史有愤，顿足捶胸。言行有规，文武兼备。同侪树为标榜，浩浩有名；李和屡立战功，恭谨立身。安定先生胡瑗，青锁名臣薛公。前者传道授业，终成一代大儒，万世表彰；后者为官从政，天下廉吏第一，于民心诚。巧匠勒石，立碑以照丹青；辞藻华美，成书以祭英魂。楷模子长，催人泪盈[②]，血染白衫，带伤冲锋。领袖复题悼词[③]，百姓长街跪送。民族英雄，卓功绝伦，青天将军，虽死犹生。修筑陵园，庄严肃穆，铜像有神，抬首挺胸。毕肖神情，忆当年生死无畏；气宇轩昂，叹曾经大义成仁。时代骄子，革命璨星，以名作县，史列长虹。

丹心匡佑文化，人杰秀增地灵。三季有花，四季葱茏，红都瓦窑堡，青冢烈士陵。龙凤呈祥高柏山，两河接源，耸立高峰；魅力子长龙虎山，宜居圣地，漫步怡情。纤尘不染，期年如梦，别有江山不去，尽心皆在苑林。钟山石窟，凿石为宫，洞天福地，佛像万尊。错落有致，栩栩如生，摩崖题刻，漫漫长冥。有第二敦煌之美誉，留三教圣人之遗踪④。安定八景，绘就绚丽长卷；映入眼帘，惊起波澜长虹。凤岭朝霞，雾起云腾，西池晚烟，袅袅娉婷。石室庄严，是谓天宝，花崖秀特，堪称地灵。龙山夕照，含情脉脉，北河晓月，醉映月容。文笔腾光，铺张鸿文，锦屏叠雪，道尽枯荣。得天地之宠幸，享留世之赞颂。翠峰难掩山丹丹，高原长荡信天游。大秧歌扭出百姓风采，道情戏唱尽农民心声。凉粉煎饼，垂涎三秦商客；山歌唢呐，听醉黄河涛声。米酒入巷，手艺传承，玉薯穿肠，味道纯正。眼前留有千般景，代代皆谱幸福音。

礼赞绝唱，红色文明，盛世华诞，沐浴新风。试看明朝之子长，依旧进步，扶摇凌云；再襄来日之中华，势若腾龙，锦绣无穷。

注释：

①子长：禹贡时属雍州之域，原名安定县，为纪念民族

英雄谢子长改名为子长县，是谢子长的故乡，中央红军万里长征的落脚点和抗日东征的出发地，土地革命后期为中共中央和中华苏维埃政府所在地，先后有十名子长籍军人被授予少将以上军衔，素有“红都”和“将军县”之美誉。

②在河口战斗中，谢子长不顾个人安危，在前线指挥作战，不幸胸部被敌弹击中，身负重伤。他忍住剧痛，坚持指挥，直到战斗完全胜利。1935年2月5日，谢子长被选为中共西北革命军事委员会主席，由于医疗条件有限，他的伤势不断恶化，于2月21日在安定县灯盏湾逝世，时年三十八岁。

③1939年，毛泽东亲笔为谢子长墓题词：“民族英雄”“虽死犹生”，并亲笔为谢子长墓写了二百七十七字的碑文。1945年2月19日，中共中央西北局和陕甘宁边区政府又为谢子长在瓦窑堡修建了陵墓。毛泽东再次为谢子长墓题词：“谢子长同志千古。前仆后继，打倒人民公敌。”

④钟山石窟：始建于东晋，石窟周围，历史上古塔林立，寺院延绵，古建成群，占地三百六十垧、僧众五百多，是中国西北佛教传播的重要发祥地之一。中外学者认为，其历史价值，艺术价值不在云冈石窟、龙门石窟、敦煌莫高窟之下。专家结论为“中国最早的石窟群”“全世界罕见的石窟”“第二个敦煌”，有极高的历史、科学、艺术价值。

宜川赋

定水之阳，黄河之滨，浪泻千里，势撼万民。遥望吉县，凌沧海之巨浪；毗邻韩城，汲太史之地灵[①]。据秦晋之要冲，囊括九山；扼北国之咽喉，兵燹无情。地虽偏远，胜过泾阳三原；形若弹丸，赛过九州名城。泱泱乎壶口瀑布气势磅礴，声似惊雷；煌煌然宜川历史亘古绵延，千载文明。

地形崎岖，沟壑纵横，川原相接，比比丘陵。风吼北域，托戈壁之凄凉，令赤子落泪；鹰翔南边，展林海之翠屏，使游人怡情[②]。长安八水[③]，尽入黄河，宜川九山[④]，皆为胜景。高低起伏，犹如浪奔涛涌；晨练其中，烦恼一扫而倾。云岩苍翠秀气，茹岭雾雨丹青。孤峰傲傲，盘古峻竦彰烨烨卓雄；松涛阵阵，虎头夜月映淙淙深情。丹岭秋容，杨七郎屯兵筑城；石台钟声，凤翅山绿水澄清。迅雷浓雾，但见真龙，古碑庙宇，蟒头闻名[5]。碧绿松针，云绕岭上，八郎山凝铸多少峥嵘；晨烟袅袅，绰约背影，野雀山繁衍无数生灵。皆属横断之山脉，峰峰厚重；不复险峻之身躯，登者无惊。莘莘学子，络络人群，恋爱情侣，牵手漫行。人将青山作屏风，山因有人而灵韵。白羚洞，王延壁亲临指导；牡丹园，欧阳修《花谱》留名。能工巧匠修葺及时，还古迹之风貌；文人墨客赋曲成篇，厚地域之风情。

历史悠久，荟萃人文，源远流长，代代传承。设郡陈制，建州易名，改朝换代，变数多云。大禹治水，惠布万民，叶澍封土，恩泽百姓。为政之暇，胡瑗苏湖教法，安定流韵；上任之际，张载敦本已俗，横渠遗风。王、罗宜川起义，大明恐慌；黑、邹激战麻军，匪寇惊魂。王化吉处境危难，为民请命；笵世昌慷慨赴死，肝胆陈雄。晋狄大战，载入春秋史册；烽火兵燹，延续宋元明清。子长由清涧南下，迫敌弃城；杨森率重兵激战，未果而终。匪患时有，乱象常存，宜川战役，刘戡败兵[6]。偃旗息鼓，百姓不再胆战心惊；经济崛起，城市从此日益兴荣。

热土滚滚，民风纯纯，黄河滔滔，岁月匆匆。胸鼓声响，察万众之大度；壶口斗鼓[7]，拓豪壮之心胸。高楼林立，车水马龙，生态优化，农渔昌盛。花椒大红袍，若夕阳娇映，色艳味浓，惹华夏人称绝；壶口瀑布鱼，赛江南海鲜，肉质独特，引阎锡山钟情。兴逢盛世，欣欣向荣，古迹修葺，山水怡人。宜川中学书声琅琅，教育领航；壶口瀑布人山人海，旅游昌盛。

试看之：泱泱育民，久久为功。

注释：

①宜川：地处陕西省北部、延安市东南部、黄河中游壶口瀑布之滨，北靠革命圣地延安宝塔区，南接黄龙，毗邻太史故里韩城，东隔黄河与山西吉县相望。

②宜川区域性小气候差异明显，南北自然特征差异巨大，东北部炎热干燥，荒凉萧条，西南面凉爽湿润，树木成林。

③长安八水指的是渭、泾、沣、涝、潏、滈、浐、灞八条河流，它们在西安城四周穿流，均属黄河水系。

④宜川境内山脉属横山山系，自北而南有云岩山、野雀山、虎头山、七郎山、凤翅山、蟒头山、茹岭山、盘古山和八郎山九座大山。

⑤蟒头山与壶口、与大禹治水有着深刻的联系，民间传说蟒头山五座山峰是大禹治水时斩杀九头怪蟒相柳所化，此事《山海经·海外北经》中亦有记载："……禹杀相柳，……乃以为众帝之台，故名蟒头山。"

⑥宜川战役：也叫筑子街战役。1948年2月29日，宜川

战役开始，中国人民解放军西北野战军经过新式整军运动后，以主力五个纵队转入外线作战。解放军从四面向敌军发起猛攻，激战至3月1日，将敌近三万人全部歼灭，毙敌整编第二十九军军长刘戡。3月3日，攻克宜川城。

⑦壶口斗鼓是陕西陕北地区传统民间传统鼓舞艺术中独特的一种艺术形式，源于气势磅礴的壶口瀑布旁，流传于陕西省宜川县黄河沿岸的壶口乡、高柏乡一带。

富县赋

陕北腹地，厚土高天，三川交会，五路舒展。南襟黄陵，北枕延安，隶属渭北高原；西望甘陇，东抵三晋，放眼北国风烟。惊涛拍岸，重山叠峦，一岭分二水[①]，三川生五塬。豪情气概，堪比漠北；楼台烟雨，不输江南。史称陕北小关中，冠名塞上小江南。皎皎月夜，野老起兴吟诗；绵绵群峰，耄耋感触赞叹。

大美富县，灵秀巍然，腾鹿环岛，百灵翔天。余晖金染，烟霞弥漫，彩虹飞架，旖旎天苑。金雕留于境内，祥鸟飞上云端。高原明珠，子午岭据漠北风沙；田野动脉，葫芦河分域内平川。秦直道上，驿站连环传捷报；川子河畔，洛水携沙泛波澜。八卦寺塔群，宝室寺铜钟，展瓣莲花昭示清静，朱雀青龙环佩飞天。开元寺烟霞晚照，长城下白骨青砖，叹伟业之工程，惜千夫之苦难。石窟当属石鸿寺，灵山首倡太和山[②]。洞窟七座，演绎千载历史；匾额一帧，书写百代回环[③]。文殊菩萨，结跏趺坐须弥座；释迦牟尼，慧眼注视莲花台。左侍迦叶，右立阿难，栩栩如生，心境豁然。浮光若影，虔诚向善，修得因果，红尘看淡。观音千寻，罗汉有万，朝拜以积福德，静心以悟慧源。白云余脉，百仞问天，凤凰展翅，千里蜿蜒。两峰对峙，有二龙戏珠之势；五路交叉，有立交环城之嫌[④]。四山朝拜[⑤]，五河交汇，成太极八卦之象，蕴神奇造化之观。世事沧桑，分合常态，几经嬗变，观毁楼残，仁人志士，修葺募捐。昼夜不辍规模初具，皇天不负紫烟升起，远望香火袅袅，近听钟鼓回环。遗址阅遍，漫说奇心淡然；风光揽尽，摛文成章不难。

大美富县，青史长卷。轩辕古玉，映史前文明之灼光；雕阴之战[⑥]，创华夏军事之典范。秦汉风云，萧萧马鸣，唐诵神韵，诗词璀璨。河陵侯故里，凄凄落落；李闯王旧邑，茫茫众山。直罗大捷[⑦]，彭德怀运筹帷幄，视为革命奠基礼；东村会议，毛泽东雄心壮志，最是斗争关键点。几多英雄，于荒原之上抛头颅；无数战士，在革命途中洒热血。一穷二白，忠肝义胆，无怨无悔，大义凛然。巍巍乎，十余年抗战烈火焚身；浩浩然，五千年历史忠魂长眠。

大美富县，诗词璀璨。一朝入鄜州，一夕读千年。杜甫咏赞，韦庄留言。前者云：“今夜鄜州月，闺中只独看。”后者语：“满街杨柳绿丝烟，画出清明二月天。”一盏青灯，一帧黄卷，暗香浮动，酒樽斟满。唐风古韵，醉美河山，绚丽繁华，列列眼前。晁说之深情咏鄜州，王邦俊专注修州志[8]。一波风马情，一支穿云箭，一身文人气，秉烛伏长案。一城诗词漫，晓月亦清谈；一阁聚诗家，鄜州亦诗仙。

大美富县，流连忘返。万亩油葵花海，一隅世外桃源。蜜蜂嗡嗡，蝴蝶翩翩，鲜花艳艳，洛水湛湛。晚登西山，惊鸿一瞥，夜走开元，静谧非凡。十里长街灯火通明，万千烛光醉意阑珊。县长彦侠，大力宣传，中国推介，字正腔圆。吉祥岚皋，邻居羡慕，物阜民丰，媲美方圆。朝霞出海，夕阳归山，万夫插秧，果农恋园。沃土产得帝王粮，殷勤育出苹果甜。风影移动，稻穗招展，清白透亮，颗粒饱满。油糕甜软，流涎称赞，糜面软馍油圈圈，梨叶铺纸红豆馅。草根打磨，鄜州熏画生动；百姓钻研，黄河陶艺精湛。人才翘楚，励志宏猷，呕心沥血，振翼飞天。上下一心，披肝沥胆，众志成城，再谱雄篇。青山许诺，洛水做证，明日富县，荣光灿烂。

注释：

①一岭指子午岭，两水分别是洛河和葫芦河。

②富县太和山久负盛名，原名凤凰山，发源于白云山山脉，自北向南蜿蜒数千里伸展到富县城北。

③石泓寺石窟一字排列的大小七个洞窟，主洞前有木结构三开间二层楼房。楼前接寺院，院门正上方雕刻有“石泓寺”匾额。

④太和山左右两侧，极对称地出现了两座侧峰，犹如两条苍龙，与挺拔浑圆的太和山山峰形成二龙戏珠之势。山下五条河流、五条道路在山前穿梭而过，形成五水、五路相交之势，富县古称“五交城”，即得名于此。

⑤站在太和山顶俯瞰，周围东山、西山、柏山、骆驼山四座山的山峰不但低而且皆面朝太和山，形成四山朝拜的景象。

⑥雕阴：旧址在今富县茶坊镇黄铺店南西侧。《鄜州志》载：雕阴，州北三十里，河南为阴，山多雕穴，故名雕阴。

⑦直罗镇战役，是1935年党中央和毛泽东主席长征到达陕北后，亲自决策部署和指挥红一方面军与红十五军团进行的。这次战役彻底粉碎了国民党对陕甘革命根据地的第三次“围剿”，使陕北成为红军长征的落脚点和夺取全国革命胜利的出发点，为党中央把全国革命大本营放在西北的任务举行了一个奠基礼。

⑧王邦俊：明代鄜州直辖地下柳池村人，官至兵部员外

郎。曾因病回鄜州养疾，养病期间，编纂首部《鄜州志》，并于万历十三年(1585)春正月为《鄜州志》作序，在序言中提出“域地、建置、食货、秩官、人物、祠宇、记异、艺文”为修志八纲的编纂理论。

甘泉赋

流水不争，清泉有音，金曲谱就，玉液含情。万涓汇集，洗濯尘心，千渠无垢，顿生福境。湓湓逾波，洛水盘纡城郭；毅毅高址，劳山愿作青屏。素称美水之乡，得上苍宠幸；古今难见嘉壤，谓人杰地灵。秀借江南一抔水，甘洌繁盛；巧比西湖七分妆，湛湛滢滢。

湫沿静美，余晖相映，朝霞齐彩，百鸟共鸣。礼唱甘泉，华章迭出，赋作铺陈，名篇俱精。东望宝塔，志丹相迎，纳新府之卿云；北连安塞，富县毗邻，览古堡之胜境。红色延安南大门，南北通衢是要塞，易守难攻，佑护安宁。丘陵绵延，沟壑纵横，河网密布，洛水穿境。雄关隘口，倚山筑城，规整有型，峰高密林。存胜迹之概况，拥高原之风情。劳山挺拔，子午崇岭，苍翠欲滴，云淡风轻。十二月交换，五千年更替，青峰不改，瀑飞涧鸣。

蒙恬修直道，北据匈奴；沿途建兵站，亭鄣行宫。堑山堙谷，艰苦繁重，逢山开路，鬼斧神工。遇石堑齐，见沟填平，过河架桥，堪比飞虹。听之、闻之、察之、视之、仰之、俯之、惊之、叹之。凝华族之浩气，以慑胡人；彰大秦之威严，劲旅称雄。炀帝北巡美水泉[①]，偶饮厥味甘美，窑洞蓄水，钦点饮用，朝贡艰难，民不聊生，玉印堵泉，贡水遂终[②]；玄宗兴建香林寺[③]，满山翠柏飘香，洛水环绕，沃野千顷，石窟颇多，大气恢宏，洞洞相连，窟窟相通。隋凿运河，千秋丰功，帝王享乐，灾祸重重；唐修古寺，励精图治，底蕴层层，文明建荣。圣马桥头，沧桑望尽，象鼻湾里，诗词长青。野猪峡中有野猪，啾雁山上留雁声。云梨山庄，雅客欢笑谈津；劳山公园[④]，游人摩肩接踵。宜居宜游，毓秀钟灵，人间仙境，景收苍穹。

荟萃人文，寻根觅宗，璀璨历史，浩渺无穷。春秋属晋，战国归秦，汉置雕阴，后嗣更名。古有兵制，战鼓常鸣。马超于青州屯雄兵，太宗于劳山战突厥，李自成黑夜袭山寨，范仲淹刺兽野猪峡。白骨森森，隐隐沉沉。洪承畴连败义军，张福满拥兵万人，白彦虎壮烈就义，马朝元挺进韩城。回民起义三入甘泉，洛水鲜红；滥杀无辜死伤惨重，尸骸煞人。劳山战役[⑤]，血染长空，史家湾里，涂炭生灵。周恩来甘泉脱险，陈友才大义牺牲，毛主席雪地讲话[6]，迎飞雪再踏云程。巾帼须眉不让，俊彦层出不穷，学生弃笔从戎，耋耋肩担重任。捷报频传，屡建战功，英雄长眠，精神传承。饱历艰险，诚祈新兴，继往开来，警钟长鸣。洋洋乎，上承先祖圣德；烨烨然，后继伟人胸襟。

千年银杏，祈福乡邻，百顷牡丹，馥郁著称。地生玉液，天赐甘霖，人有福祉，物产丰盛。气海充沛，油田滚滚，人才济济，气象蒸蒸。美水作墨，再绘盛唐，莲花乐舞，燕舞东风。引来华章之笔，惹得子美诗呈。膏壤繁荣，旭日东升，今作赋感，陋章拙文。赞之甘泉，沐和谐之风；颂之甘泉，绘锦绣前程。

注释：

①美水泉：又名甘泉，发源于甘泉县神林山下，据史书记载，隋大业三年，隋炀帝北巡突厥牧场，途中到此游历，偶饮此水，清冽甘美，顿觉心旷神怡，遂赐名“美水泉”，此泉水后为隋唐两代皇宫专用。美水泉现为一排十二孔的窑洞式蓄水池，泉旁有明代“修复甘泉碑记”、民国“重修甘泉县甘泉碑记”和2007年县政府所立“美水泉碑记”石碑三通，与华清池温泉等并列称为陕西四大古泉之一。

②相传美水成为贡水后，长年累月送至长安，甘泉至长

安路途遥远，道路崎岖，百姓肩挑畜负，苦不堪言。后来，有一县令不忍百姓受苦，将其一方玉印投入泉眼，上奏朝廷泉水干枯，贡水遂终。1974年甘泉县人民政府重修美水泉时，在昔日泉眼旁发现一座石砌小圆坑，坑内出土玉印一方，篆书“孟其瑞”三个字，为美水泉的传说提供了佐证。

③香林寺：又名弘门寺，有“陕北小华山”之称，位于县城下寺湾镇香林寺坪村北的奇峰之上，据《延安府志》记载，香林寺始建于唐玄宗开元二年，因满山翠柏飘香而得名。

④在劳山公园有这样一则传说：相传隋炀帝当年游猎至此遇一绝色美女，宠爱有加，还按皇家礼仪欣纳为妃子，后来隋炀帝见此处山色绮丽，便在此修建行宫，终日与薄姬饮酒行乐，乐不思归，薄姬殁后，隋炀帝感其情重，命人将其厚葬于此，现留有墓地一堆，残牌娄块。

⑤劳山战役是红二十五军到达陕北，与陕甘红军会师后取得的第一场胜仗。

⑥1935年11月6日，中央红军与徐海东、程子华、刘志丹领导的红十五军团在甘泉象鼻子湾胜利会师。11月9日，中央在甘泉县象鼻子湾召开军委直属纵队三百余人会议时，天下起鹅毛大雪，毛泽东走上大树下的土台子，操着浓重的湖南口音讲话，他向全世界庄严宣告：“长征以我们的胜利、敌人的失败而告结束。”这就是毛泽东同志著名的“雪地讲话”。

洛川赋

乾坤一元，宇宙洪荒，绳结记事，文明曙光。轩辕厚德，启蒙教化，神州华胄，万古绵长。尧天溢彩，大地生辉，泱泱万民，致力农桑。华夏沃土，嘉域厚壤，洛川旧邑，渭北新乡。

北望莽原，地阔天昂；南接白水，绿色长廊；东靠龙山，钟灵毓秀；西毗黄陵，紫烟生香。陡峁列列，堪比沟壑；洛水湛湛，犹若琼浆。前哨咽喉，锁狼烟于戈壁；军事重镇，据蛮夷之屏障。

莘史烈烈，阅尽沧桑，亘古而来，源远流长。夏启举兵，征服黄河，殷商安定，盘踞鬼方。周宣王迭出征战，斩敌过百[①]；晋景公平定狄蛮，扩土拓疆[②]。兴建鹿畤，秦文公虔诚祭白帝[③]；大修行宫，汉武帝凯旋表功彰[④]。智星白起，战功赫赫，庙冢孤独洪夫梁[5]；才子曹植，文采斐然，深情诚谱赋华章。逾越千年，无以媲美，留迹文坛，终成绝唱。物换星移，阴阳相傍，兵家成败，江山兴亡。三国纷争，夏侯渊鄜城讨梁兴；烽火血染，姚硕德兵败在泾阳。马革裹尸，森森沙场，墓冢新坟，凄凄残阳。康怀英果敢救岐王，勇取翟州；范仲淹戍边屯康定[6]，宏图恢张。饥馑灾荒，民怨沸腾，邵进录操戈而反，王朝震惊；群雄聚义，揭竿举旗，李自成举兵起义，人心惶惶。拚搏厮杀呐喊，刀枪剑戟叮当。满目疮痍，看多少金戈铁马；山河落泪，映几许剑影刀光。庭院萧条，望凄凄草木尽是荒凉；深闺难掩，听声声怨言皆成悲怆。察兴衰，知起落，晓古今，贯流长。胡南庭火烧城门，犹若魔獐；讨袁军出师不利，未果返乡。杨虎城奋力攻城，县长抵抗；陈老十时常劫掠，学生遭殃。洛川事变，惊心动魄，看多少时机逆转，待无数希望朝阳。上操村战斗，鄜城桥伏击。内战战场，旗帜百疮，将士浴血，赤染膏壤。尸浮黄河，魂归家邦，壮志如钢，感动太行。

山河厚重，古气芳香，九州壮美，八荒耀光。晨晖若金，黄龙山上无黄龙；夕阳有韵，万凤塔下无凤凰。高塔耀耀，装点自然风貌；小龛切切，陈列人雕佛像。相思川[7]，陕西第一肺叶，陕北第一氧吧；兴国寺，曾有万凤齐鸣，今栖灵鸟合唱。烂柯石窟[8]，人文宝藏，敬先民之技艺精湛，叹古人之智慧妙创。华族肇始，敬畏上苍，洛川非遗，文明列象。洛川神话，久久流传，神龟洛书，烨烨祯祥。仰韶文化，震惊吾辈，半坡遗踪，惊羡异邦。陶瓷满目，石器琳琅，青铜宝剑，碑刻呈章。经千载之变迁，历岁月而无伤，穿时空之隧道，耀古邦而亮相。逢年过节，社火热闹，喜庆蹦跳，鼕鼓敲响。彩绘泥塑，面花精致，平面标本，毛绣粗犷。古风古韵，古色古香，任重道远，漫漫路长。继承与创新并重，保护和发扬同贶。开放四十载，传统文化复兴；建国七十年，民族艺术赞襄。与月同辉，与日同光，山河秀美，艺术绽放。

苹果致富，任用贤良，县阜物丰，升平之象。代代打拼，穿梭于城市之间；辈辈付出，奋斗在川原之上。双手播洒汗水，倾注心血；身影奔波劳碌，投入时光。沐浴新风，礼遇阳光，温差厚爱，玉液涵养。科技培育，品种优良，硕果累累，金秋飘香。传统精神铸强县，一颗苹果奔小康。

注释：

①洛川在周朝时为狁部落活动之地，周宣王曾多次出兵征伐，首次交锋，便斩敌过百。

②晋景公七年，晋国派随会灭亡了赤狄。

③秦国祭祀之风尤为兴盛，秦襄公封侯以后，专门建立了西畤，祭祀西方之神白帝。后来，秦文公为祭祀白帝而建

造了鄜畤，为秦国祭天地五时之一（密畤、上畤、下畤、畦畤、鄜畤），其遗址在洛川县武石甘石村附近。

④汉武帝北征，为望鄜畤而建立望仙台。

⑤白起：战国秦眉县人，为秦屡立战功，被封为武安君，后被赐死。今洛川洪夫梁白起山上有白起庙及冢，现殁于荒林。

⑥康定：北宋陕西经略安抚招讨使范仲淹奉命设康定军以屯兵。

⑦相思：流经厢寺川的相思河，在今洛川县北约七十里处，相传北宋名将杨业之女杨八姐在此守关，死后葬于相思村对面山上，后人建庙立碑。

⑧烂柯石窟：位于洛川县武石乡甘石村烂柯山麓三仙洞，相传贝郊村王质砍柴于烂柯山下，遇二仙对弈，二仙吃桃分其半枚，王质观完棋，其斧柄已烂，回家已无亲人。村人说八百年前有王质进山砍柴而未返。现石窟中有二仙对弈，王质旁观之造像。

黄龙赋

山水流韵，美景喧妍，天润沃土，地生福境。与洛川毗邻，馥金果之香甜；与合阳相望，映瀵泉之珠明；与宜川交锋，凌壶口之巨浪；与韩城比翼，羡司马之文明。山川相间，沟壑深吻，神话迭生，奇光异景。早知有黄龙，何必下江陵。

江河奔浪，鱼翔浅底，崇山峻岭，鹰击长空。避暑狩猎，趋之若鹜，水秀空明，雷射长虹。一花一草皆成景，那水那山尽是诗。黄龙山上，已是旅游胜境；十月枫红，恰似革命风涌。四季分明，尽显峥嵘。群峰犹披锦衣，春景如画；蓝天堪称明镜，夏野葱茏。秋叶静美，掩藏杜鹃啼血；冬雪若飞，恰比雾凇天宫。群鹤绕山，布谷璇飞，玉液湍急，清溪奔涌。静心放空，拜佛首推无量山；露营猎奇，探秘当属神道岭。山泉弄弦，清流涓涓，山水相依，共生共荣。大岭鸟语婉转，松涛阵阵；关山蛙鼓蝉鸣，溪水淙淙。朝霞出海，照亮苍穹，落日余晖，形似长虹。引起才子题诗，惹得老瓮赋咏。白云锁门莲云寺，钟声十里；清风扫尘鹤鸣山，香火旺盛[①]。穆柯寨前雕塑立立，脑海浮现桂英练兵一幕幕；杨家坟头古柏森森，眼前上演古邑变迁一帧帧。树顶漫步，应是人间第一回；白马漂流，无疑世上头一遭。百灵低翔，大雁高鸣，云浪徘徊，群山立屏。山梁十一道，河流十六条。仕望河、仙姑河，每每都有神话传说；涺水河、石堡河，条条深藏母亲浓情。仙鹤与燕雀共舞，自然与人文齐盈。博物馆陈说历史沧桑，文化宫典藏笔墨丹青。石窟小寺庄，森森然令人醒目；泄湖狩猎场，悠悠然烟雾迷蒙。水上画舫，小舟湖色，独拥一隅水乡肤色，增添一抹江南风韵。酷暑时分堪乘凉，冰融水暖宜游春。民族艺术长廊，山川自然写真。

人文荟萃，巨史丰存，仰韶遗风，光耀汗青。化石头盖骨，生命轨迹历历在目，彰显先民之大智；巨型石钺器，斑驳掠影比比皆是，考证灿烂之文明。东周古村，藏身赵氏孤儿；三岔小镇，出土汉代墓坑。摩崖石窟，神飞肃穆，一颦一态显露无量慈悲；古刹庙宇，雅气清风，一亭一阁皆是古香神韵。勒石碑刻，凛凛巨书以昭乾坤日月；仙家赐诗，粲粲深笔以颂古今人文。伏羲后裔，承两仪以学八卦；黄帝子民，护威仪而佑龙魂。孙膑与庞涓斗智，后世难评；白起于石林屯兵，战国争锋。汉武大帝，南山狩猎，杨门虎将，巾帼守城。革命浪潮，风起云涌，解放战争，典例产生。血染瓦子街，西北大捷士气鼓；防御变反攻，同仇敌忾军心振[②]。四邑要津，兵家之必争；烽烟过处，白骨之残存。烈士陵园，安葬卫国将士留遗物；纪念雄碑，镌刻醒目字迹慰英魂[③]。煌煌历史，成就千秋人物；烨烨时代，留下世纪伤痕。

多彩黄龙，四邻惊羡，美妙绝伦，万象更新。文玩核桃，畅销中外，黄龙猎鼓，享誉三秦。药材巨库，输出松茸，山珍百种，盛产香玲。琼花皆绽，野菊独荣，向日葵迎风欢笑，格桑花韵动心旌。水墨画卷，风车小镇，世外桃源，人间极品。畅游万亩草场，谁绘仙境？注目千顷花海，香为谁盈？

一城风景涵养人，半城烟火倾君心。天佑其昌，与日月同辉；地生福气，与时代共进。试看明日之黄龙，紫气常盈。

注释：

①无量山：古名“仙鹤山”，据寺院碑文记载“有群鹤绕梁数飞不绝”而得名。莲云寺寺院山门上有一副对联：“寺院有尘清风扫，山门无锁白云封。”这副对联道出了自然与人文的和谐、红尘与仙境的对接。

②瓦子街战役：发生于黄龙今瓦子街镇一带，是西北战场1948年年初在战略进攻阶段，进入蒋介石统治地区作战的首次战役。该战役开始准备并持续的时间为1948年2月24日至3月8

日，这一战役也是中国人民解放军由战略防御转向战略反攻的转折点。

③瓦子街战役烈士陵园，始建于1949年4月4日，园内安葬着我军在战役中牺牲的五千二百八十七名烈士的遗骨，是陕西省重点烈士纪念建筑物保护单位，陕西省爱国主义教育基地。正中的纪念碑碑座为正方形，四面有八级台阶，象征1948年；碑身为两个断面，象征2月；碑身高二十八米，象征28日，正面题刻着王震同志题词："瓦子街战役烈士纪念碑"，碑文详细记录了宜瓦战役的经过。

黄陵赋

泱泱沮水，巍巍桥山，千古佳域，灵秀昭然。形胜山川，厚土莽原，四方锁钥，造化齐天。运控延榆，为一方之要塞；直通朔夏，枕九州之重关。直道绵延，彰大秦之豪气；子午横亘，扼咽喉于宁陕。华夏文明发祥地，古老中国一条龙，得以天保，神韵浸染。

渭北高原，危峰夹岸，大河横穿，坤灵流丹。桥山以聚王气，赫赫陵冢高耸山巅；沮水以养方圆，烨烨华章巨幅雄篇。黄陵八景，天上人间，班列一方，装点江山。桥山夜月威武圣洁，风光积聚胜景一番。沮水秋风缕缕微寒，倚栏放空清爽无限。龙湾晓雾[①]，回绕山川，雾霭升腾，游龙一般。凤岭春烟，暖意回环，翠柏如林，黛色映天。南谷黄花漫山野，北岩净石雪不沾[②]。汉武仙台庆凯旋[③]，黄陵古柏寿比天。

观胜景之怡情，赏山光之悦颜。聘野以继承，复泉修清泉。乔木竦列，鱼充仞岸，老树横覆，如帘垂悬。峰作云梯攀九霄，岭为屏风阻劲敌。巍巍然，险关隘道；浩浩乎，兵匪周旋。山岭起伏，川道狭窄上畛子；竦峙长延，势若天堑阻源关。望关感叹，兴亡在眼前；纵生青岚，云烟藏烽烟。

泱泱历史，层层积淀，莽莽山河，跨越千年。双龙吐纳，星移斗转，文渊厚重，史列斑斓。幸轩辕之荫佑，得始祖之垂怜。古往今来，香火缭绕，中外华人，寻根溯源。降龙峡里，有黄帝出生之传说；内经石上，载岐伯论道之经典。向来古邑多改制，历历山河起战乱。王莽立新朝以更名，姚苌拥厚土以设郡，盖吴据杏城以起义，太武出渭北而交战。烽火过往，传奇纷繁。朝阳公主降香紫峨寺④，药王思邈采药百药沟，家喻户晓，遗迹留言。万安禅院，大小造像千余尊；千佛石窟，凿于半山石崖间。龙脉延续，宗教兴繁，百舸争流，融合万端。杜子美观景作诗，范仲淹陈兵留文，句句皆是人间苦楚，首首陈述沧桑巨变。后有孙文心诚，浩书祭文；又有中正挥毫，题写巨匾。石碑纵横，庙宇有思，赋千载之萦怀，书万般之感叹。山川清秀纳人杰，方隅壮美吐幽兰。

凤翥龙翔，气象万千，时代新貌，恢宏大观。乌金滚滚，煤矿堆山，林海茫茫，厚氧成渊。铁龙穿梭，国道畅连。店头酿酒，醇香回味，山地苹果，可口脆甜。千夫扭秧歌，闲暇同欢；万民敬庙宇，祈福平安。窗花剪纸，美好夙愿，镇邪纳吉，斗地战天。熏画已是稀有，木雕家家可见。美中不足，当属水源，碱量微高，开发污染[5]。资源开采有缺陷，山空土崩皆隐患。愿山河锦绣处，人与自然和谐共存；唯龙乡扬帆时，垢与忧患时时常念。

注释：

①龙湾：指县城东通往龙首的川道，它因传说接黄帝上天的飞龙龙首伸于此而得名。

②北岩净石：北岩指原北坡底下路旁一巨大岩石，相传此石很神奇，无论多大的霜雪都难落此石，实属奇特，岩石现已无存。

③汉武仙台：相传汉武帝征朔方凯旋，在黄帝陵前面筑起祈仙台，位于黄陵左前方，为圆形土台，现有曲形石蹬道登之。

④紫峨寺：创建于北魏时期，兴盛于唐宋，距今已有一千五百年的历史，与轩辕黄帝陵遥相呼应，紫峨寺以紫藤缠树开花而得名。有碑文记载，唐时这里香火旺盛，朝阳公主曾来此虔诚敬香拜佛，故有一处石窟名为朝阳洞。朝阳洞内香烟袅袅，佛像慈祥，让人尘念顿消，如入仙界。

⑤黄陵县因煤炭开采导致水污染严重，水体中碱含量很高。

延长赋

宽梁残塬，三面环山，黄河纵横，延水贯穿[1]。东偎母亲，凌三晋之骇浪；西连延安，纳红都之青岚。处延河下游，洪流弄弦；望漠北雄关，逶迤龙盘。奇峰峻岭不胜枚举，悬崖峭壁矗立毗连。

周山横亘，延水发源，河流如丝网交织；翠屏南峙，一体多元，隧道若蛟龙潜山。老石观景台，夕阳映辉，星空浩渺，夜景更胜一筹；黄河大峡谷，奔腾豪迈，红歌唱响，经典久久流传。游林慕名桐树原，登山仰望狗头山。风光秀美，陡峭奇缘，四山环抱，伸手摩天。超览胜楼，赫赫挺拔，墙高壕深，驻扎兵团。狼神对峙，石鸡静卧[2]，巍巍吕梁尽显全貌，滔滔黄河隐隐出现。童儿湾里有童儿，太皇山上无太皇，神话粲粲，传说连连。清静首推神圪塔，灵韵媲美古刹；赏花定来牡丹山，芬芳堪比南苑。群群倦鸟，飞过群山筑巢为家；对对情侣，踏步胜境流连忘返。

乾坤肇始，文明开元，历史长河，繁星灿烂。建制颇早，追溯秦汉，几度变迁，分合频繁。项羽识才封董翳，据守高奴入三秦；羌人姚苌扼北地，杀戮苻坚取长安[③]。隋炀帝为避名讳，废广安以赐延安；唐高祖曾乡添县，扩疆域而设北连。因黄河绵长而得名，于广德丰年以正冠。王朝更迭，长安十三家；封建持久，延长百千年。骨肉相残，反目于皇室宗亲；腥风血雨，演绎于城池之间。惠王相纵火焚城，王永强屯兵反清，哀魂遍野，生灵涂炭。铁棍儿起义，丧命于黄泉；李师膺兵变，扼杀于摇篮。袁大魁火烧南岭寨，惨不忍睹；古维世搜查九天山，匪寇逃窜。马朝义领兵攻县城，炮声以震山谷；张静斋率部守疆土，热血而卫城安。国家不幸诗家幸，百二雄关，终留一笔；逐鹿中原谁称雄，江山血染，哀声凄原。圣贤与繁星灿烂，英才和栋梁擎天。《梦溪笔谈》，科学沈括预言，石油大行于世[④]；《元一统志》，史家兰胯伏案，心血散佚不全。宋良保一方安宁，殉职战场；士民怀万甸感激，建祠纪念。近代文曲，更是不胜枚举；革命功臣，犹若星辰耀眼。拳拳诚心，千秋彪炳，赫赫卓勋，青史记言。

经济昌盛，风正扬帆，民俗厚实，曙光灿烂。百姓贺函，主席复电，血浓于水，共苦同甘。三农问题，中央牵挂，军民佳话，世代流传。黄河战鼓，激荡回环，矫健强悍，热情渲染。男儿歌于市中，汉子舞于河滩。秦腔起源，喜闻乐见，古朴粗犷，别开生面。脸谱变幻非一日之功，须勤学苦练；五彩各寓岂片语可言，知世事深谙。皮影传承，保留尚全，曾经辉煌，沧海桑田。惹来孩童嬉闹，膜拜周旋；引得老者注目，观看感叹。白布戏偶，演绎世态炎凉；说弹吼唱，道尽人间冷暖。秧歌舞，呼朋引伴，用爱情做素材，融入黄土风情；跑旱船，歌舞相间，以生活为土壤，烘托地域新颜。大弦嘈嘈，小弦切切，曲颈弯弯，蝎尾尖尖。音响呈梨状，腹中藏响钱。轻歌曼舞，巧手拨弹，或山峦崩塌，或洪波俱下，或激情难耐，或助威呐喊。一把琵琶，弹奏天籁神曲；几根轻弦，妙生绝唱名篇。家家有匠人，户户出精湛。说书成章，口如巧簧吐纳，尽情悲欢；刺绣织锦，恰若鲜花争艳，满山开遍。油桃光鲜，惹人垂涎三尺；酥梨可口，品来清脆甘甜。辣椒蘑菇，全国屈指一数；苹果西瓜，三秦特色呈现。魅力延长，与国共赴盛世梦；斑斓圣地，明朝更是换新颜。

注释：

①延长县因延河由县境自西向东长流入黄河而得名。

②狗头山：有“站在狗头山，伸手摩着天”的说法。远眺峰似狗头，雄伟高大，以险著称。站立山顶，四望群山环

抱，狼神对峙，石鸡静卧，是具有陕北地理风貌特色的一座石山。

③据《晋书·帝纪》载："东晋穆帝永和七年（351）氐人苻健据关中称帝，建都长安，国号前秦。孝武帝太元九年（384）羌人姚苌据北地自称秦王，杀苻坚取长安，自称秦帝，国号后秦。"

④延长石油始于秦汉，最早见于东汉班固《汉书·地理志》："高奴有洧水，可燃。"北宋沈括在《梦溪笔谈》中记载："鄜延境内有石油，旧说高奴县出脂水即此也。"第一次提出"石油"这个科学命名，比1556年德意志人乔治·拜耳对石油的命名早了六百年。

安塞赋

上郡咽喉，名晓长安，北门锁钥，气贯云汉。茫茫旧野，断壁残垣，泱泱城堡，虎踞龙盘。关隘重叠，燃起烽火，群山绵延，云雾飞天。并南国之秀，十大胜景；具黄山之美，落日云烟。①

域处高原，争宝鼎璀璨；光照河川，得锦绣之言。金龙山，嵯峨秀美，扼控三川，寨子成群，营垒看遍；金明寨，战地遗址，曾见狼烟，汉番轶事，真假参半。巍巍鸦行十二山峰，熠熠胜概神奇大观。平羌寨，三面断崖，其山高险，左右临沟，怀抱小川，砖瓦累累，青苔斑斑。多少千秋过往，皆付一炬；几许红尘旧恋，全成梦幻。塞门城，敌我争夺，谋定而占。出可长驱大漠捣敌巢穴，入则夺取延州以图中原，兴亡之要地，用兵之频繁。二十六副尸骸，当属汉番；

百千万字碑文，落寂尘寰。观古寨之凄凄，回望历史之变迁；看遗址之浩浩，憧憬纤尘之不染。芦子边关，山岭之巅，防御密布，飞鸟难窜。扼守两冠，土门两崖对峙；状若葫芦，一关轮廓长宽。风萧萧兮延水寒，安得壮士兮控北番。杜子美留诗于此，司马光雄文赞叹。莲花坐佛，肩披袈裟，观音造像，头戴花冠。直道通达，大秦之命脉；石窟琳琅，佛家之大观。然只言片语，难以抒怀；故另作长文，感喟惊叹。

地老天荒，历史源远，文化荟萃，轶事皆鲜。觅祖先之遗迹，瞻仰韶之圣传。戎韵狄风，实属彪悍，秦关汉寨，当归奇观。隋唐风采，诗文盛赞，宋夏战火，号角彻天。封建末世，风云变幻，近代革命，生灵涂炭。太宗偕李靖征北番，庞籍命王信筑界边。龙安古城，以抵万马犯境；文革损坏，不及一炬成烟。怀忠毁印斩来使，元昊大怒攻保安。狄青卫主，骁勇善战，所向披靡，气宇凌轩。万军之中取上将首级，三安城间挥金戈称冠。闯王迎祥[②]，揭竿举义，邑人茂才，冒死进谏。古城旧址，不改森然，时经千年，事迹流传。毛主席五赴安塞，深情长念；张思德舍己救人，奔走黄泉。人文记千秋往事，青史详言；人杰厚沃土底蕴，累牍连篇。

特色安塞，艺术强县，三秦知名，荣归誉满。生态农业示范园，棚栽带动致富；地上文物博物馆，厚重彰显璀璨。腰鼓震秦关，剪纸赛江南。一剪窗花一纸情，一张红纸一祝愿。中华鼓王，风华尽显，群芳母亲，艺苑斐然。剪纸艺人侯雪昭，十国出访；陕北歌王贺玉堂，四方誉传。《星光大道》，刘军歌喉惊鸿雨；《洋芋疙蛋》，贺东专辑烁乐坛。万民奋进，共奏和弦，前程似锦，谱写瑶篇。

注释：

①十大胜景：民国初期，安塞人郭超群写下诗作《安塞十景题咏并解》，概括出安塞十大出名景色，分别是秦城访古、唐寺晓钟、石门夜月、剑匣秋风、桃花流谷、椒蒿行云、龙潭灵雨、翟泉夏冰、芦关踏雪、花庄赏春。

②闯王迎祥：指高迎祥，安塞县王家湾乡高川村人，明末农民起义军领袖，崇祯元年率众起事，自称闯王，崇祯九年率军出汉中，谋攻西安，行至黑水峪遭到陕西巡抚孙传庭伏击，兵败受俘而死。邑人茂才：指马茂才，安塞县沿河湾镇马家沟村人，敢于直言上疏，为民请命。崇祯元年陕西赤地千里，终岁无雨，饿殍枕藉，哀鸿遍野。他奉命入陕调查，故里安塞人吃人的惨景使他触目惊心，于是将沿途亲见之惨景据实写成《备陈灾变疏》上奏崇祯皇帝。

第二篇章：陕北高原，山川形胜

延河颂

矗矗诸峰，耸立摩天，淼淼众水，广惠川原。四方归溟，襟三江而带五湖；九州流经，滋桃源而恋群山。发乎高峦之端，行于八荒之险，经乎泱漭之野，入于万丈之渊。浩浩乎东西嘶鸣，嶒激声声[①]；泱泱乎南北奔腾，滞沛湛湛[②]。斯延河者，恩泽延安！

逶迤蜿蜒，肇起周山，潺湲滚浪，点缀河川。潮汐守信，起落相间，延河深情，风韵浑然。夏汛突出，春汛不显，万古洪流，浪遏飞天。古名区水、洧水、清水，流经志丹、安塞、延安[③]。凭天地之神力，蛇走万里荒原；蕴鬼斧之灵气，笔成一方画卷。处北国腹地，行乡走县；属黄河中游，万古长延。携沿途之泥沙，塑高原之容颜。缠山绕城，澹澹飞烟，形若长带，状如羽扇。梁多峁小，陡坡明显。激浪处若流云飞扑，平缓时如落叶缱绻。火焰山、凉水岸，处处有湾；张家滩、阎家滩，滩滩皆险。朝霞出海，秀妆重峦，暮霭归山，韵回秦汉。叹时光之有序，惜人生之清欢。游人同流水散步，宝塔与夕阳竞妍。听涛涛声鸣，如谱乐篇；观朵朵浪花，鼓掌拍岸。漫步河滩，解考察之疲惫，喜圣地有净土；清风送晚，思学府之安逸，慕百鸟有巢还。

仁者乐山，知者乐水。河因有魂，而纳百溪，人因有德，而掌宏观。大禹治水，三过家门而不入；夷齐让国[④]，仁义礼信而孔赞。擎起中共，一心为民，不畏群山恶水，扎根黄土高原。半世纪风雨兼程，十三年跋涉维艰。善吃苦，得民心，旗帜不易，初心不改；路可变，途可换，革命奉献，信念如磐。敌寇进犯，炮火连天，血流成河，白骨砌塬。生民万计，烈士逾千，羽翼未满，义赴国难。星星之火，势可燎原，猎猎旌旗，日落西山。一河泥沙俱下，江山尽战事；无数蛮夷欺人，满目皆史缣。黄土无语埋忠骨，延河有泪祭英贤。望无数哀鸿遍野，道不尽沧海桑田。

延水泱泱，霏雾漫漫，虹桥飞架，横水云间[⑤]。春秋遗卷，青史流年，英雄事迹，革命鸿篇。忆往昔峥嵘岁月，百感交集；望今朝九州眉扬，安居笑颜。岁月更迭，星移斗转，刚而不傲，强而不喧。范仲淹镇守延州时，题诗吟颂[⑥]；董必武闻声桥落成，挥毫以赞[⑦]。毛主席亲修幸福渠[⑧]，亲和爱民；

老百姓踱步延河边，饮水思源。同沐和谐之风，共品醇厚之源。丁玲登上清凉山，感叹延水甜[⑨]；海德骨灰撒延河，恋恋老延安[⑩]。一掬活水，滋养延河两岸；万顷玉液，映辉流域千年。朗朗坤元，有默默付出之伟人；皎皎月明，出孜孜敬业之先贤。一本《山花》，捧出三秦人物；一本《延河》，位列文学前沿。春风化雨，气象万千，欣逢盛世，鸿猷再展。

中国革命母亲河，天阙之最；红色摇篮第二支，功德无限。

注释：

①𡾰：hōng，古同“訇”，象声词，形容巨大的声响：“砾磥磥而相摩兮，𡾰震天之礚礚。”

②滞沛：zhì pèi，水洒落貌、奔扬、皆涌流貌。出自司马相如的《上林赋》：“批岩冲拥，奔扬滞沛。”李善注：“滞沛，奔扬之貌也。”

③延河：昔名区水、去斤水、洧水、延水等，是黄河的一级支流，为延安市第二大河，也是陕北第二条大河。延河发源于靖边县天赐湾乡周山，由西北向东南，流经志丹、安塞、延安，于延长县南河沟凉水岸附近汇入黄河。由于延安是中国共产党革命的根据地，延河被称为“中国革命母亲河”，巍巍宝塔山，滔滔延河水，是延安最具体的形象。

④夷齐让国：讲的是神秘而古老的孤竹国有个夷齐让国的美丽传说。国君墨胎氏，也称墨姓，东周初期，先君有名初字子朝的国君生有几个公子，太子伯夷、三公子叔齐。墨初君主曾遗嘱移位叔齐，为弟的却遵从长幼有序请兄长伯夷登基。伯夷父命难违奔逃，叔齐仍不肯继位跟随兄长一起离开了孤竹国。他俩原是奔周王西伯姬昌，半路正碰上武王伐纣，兄弟跪地叩拜，力谏武王不可以下犯上，险些成了刀下冤魂，为了表示自己对商礼的推崇，发誓不吃周朝粮食而饿死首阳山中。

⑤1959年，人民政府建造三孔三十米空腹式石拱桥，这是新中国成立后我国设计建造的第一座大型空腹式石拱桥，主持设计者是我国著名的公路工程专家周樨，大桥飞架延水，壮美如虹。

⑥范仲淹题诗道："金明阻西岭，清凉峙东南，延水正中出，一郡两城雄。"

⑦董必武闻讯延河大桥落成，兴奋题诗："秋水盈川没涨痕，步头无渡阻行人。一桥架合东西岸，宝塔山前不问津。"

⑧1943年，毛泽东亲自率领当地人民在西川河修筑了一条幸福渠，浇灌西川河沿岸一千余亩耕地。二十世纪七十年代又进行了扩建，干渠长五千米，实灌面积一千一百亩，亩产达六百多斤。

⑨1985年4月，丁玲、陈明夫妇访问延安，在清凉山上，她与随行人员联诗一首云："重上清凉山，酸甜苦辣咸，说来又说去，还是延水甜。"

⑩1988年，马海德大夫逝世后，骨灰一部分祭放于北京八宝山革命公墓，一部分带回故乡美国，一部分就撒进延河之中。

清凉山赋

峻峭清凉，盛名恒昌，碑刻林立，纵列华章。万佛齐聚，佑护一方，三山鼎立，遥遥相望。庙宇嶙峋，纳河川之灵气；金碧辉煌，融天地之虹光。泱泱乎，延河携沙泛浪，斯水难“清”；巍巍乎，山势高耸屏障，洞窟易“凉”。

云笼翠壁，月映廊亭，殿宇凝冰，遗迹堪雄。万佛借山势錾凿，规模宏大；石窟依峭岩嵌座，气象恢宏[①]。佛洞始于隋前，后朝皆有修葺。亲历世易时移改天换地，见证遍野哀鸿风雨萍踪。璞然罕存，鬼斧神工，叹为观止，异彩纷呈。万尊神态，佛光映照福地；星罗棋布，格局雅饰名城。一佛一态，几度春秋风雨列煌煌巨象，名振华岳；千凿万刻，多少能工巧匠倾毕生心血，终成撼景。

金仙胜境，誉传三秦，云霞多多，黛岩重重。墨客留迹，范仲淹漫游起兴；伟人留名，陈仲弘吟诗长颂[2]。前者曰：“凿山成石宇，馋佛一万尊。人世亦稀有，神功岂无存。”后者云：“众星何灿烂，北斗驻延安。大海有波涛，飞上清凉山。”曲增灵动，歌添神韵。佛道胜境，汇聚多少得道高人；革命旧址，遍历无数战火惊魂。印刷厂、纸币厂，洞中开工，应关国民经济命脉；新华社、日报社，于此起步，当属新闻事业盘根[3]。忆想当年，飞机轰炸，敌军入侵，幸甚至哉，藏隐福地，完好无损。延水失涛，暗流涌动谁人能媲大禹之力；山河疮痍，神灯微冥哪个敢担民族大任？救国救难，有志英雄豪情；摄人心旌，无畏赤胆忠诚。

摩崖题刻，文人遗踪，草篆隶真，笔墨神工。虔诚加持，古寺佛影常伴；启迪智慧，大慈大悲印心。御名诗湾[4]，锦句横空，立意新颖，恰喜游人。登山劳顿，小憩吟诗抒怀；难遇知音，大雅纵歌倾情。放眼崖壁，神秀铺陈，旧迹斑驳，峥嵘显尽。万千心语，一诗难以穷尽；历历岁月，一碑全然澄清。岩壁陡立，步步云升，石凿月牙，岩出危亭。一泓玉液，洗净风尘，一朵莲花，明心见性。心体清澈，常在明镜止水之中，则天下自无可厌之事；意气和平，常在丽日风光之内，则天下自无可恶之人。曾经骚客闲情逸致，凭栏观月，沐浴晚风；后来名士流连忘返，足踏延河，静听涛声。井中藏月，星稀印月亭上；水照延安，倒影月牙泉中。立于悬崖，劈于高峰，临空而欲飞，入亭以惊魂。注释庞公庙⑤，仰望范公祠⑥，清凉山上埋白骨，曾有马革裹尸身。纵身朝野，庞公心里酝酿万千谋略；西夏入侵，范公腹中自有数万甲兵。钟灵毓秀蓬莱阁，洞天福地又一境。炎炎夏日于此，顿有习习清风。药王洞里有仁者，睡佛洞中有从容。明心见性，豁达难得，洞里酣睡涅槃身，山中参悟圆通境。阅尽天下奇情事，方知世上路不平。古洞深邃，仙石丛生，飞仙隐逸，传说动听。桃花洞里无桃花，仙人洞中住仙人。

金碧辉煌，雕梁画栋，省内仅有，盛世奇珍。漫步来到琉璃塔⑦，曲径通幽；清晨山林更新晴，沐浴新风。纵观二水一城，遥看三川两山，古今英雄功过于此有，历代风流曲折城中生。极目望去，福地丹青，如诗如画，魅力古城。清凉挺挺，回日月之光环；大气如虹，纳天地之神韵。游览赞咏，纸长墨浓，感悟颇深，赋语拙文。以记之！

注释：

①清凉山的万佛洞开凿于隋代以前，唐、宋、金、元、明、清历代皆有造像或维修。万佛洞主要有四个石窟，规模宏大，借山势而凿。窟内石柱上和四壁雕有形态各异的石佛万尊，其石刻艺术鬼斧神工，巧夺天工，是珍贵的历史文化遗产，得到历代名人骚客、有识之士的赞赏和爱护。大文学

家、政治家范仲淹曾写《清凉漫兴》四首，赞其为“凿山成石宇，馋佛一万尊。人世亦稀有，神功岂无存”。

②清凉山也是革命圣地延安的象征之一，陈毅《赴延安留别华中诸同志》诗云：“众星何灿烂，北斗驻延安。大海有波涛，飞上清凉山。”另一首《咏“七大”开幕》云：“百年积弱叹华厦，八载干戈仗延安。试问九州谁做主，万众瞩目清凉山。”

③1937年1月—1947年3月27日，中央印刷厂印刷车间设在清凉山上，清凉山被称为红色延安的“新闻山”，为中国革命做出了不可磨灭的功绩。

④诗湾，在万佛洞南侧上方，有历代名人学者摩崖题刻五十多处，真草篆隶，参差错落，布满全湾。位于诗湾旁有三米多长的一个平石台，中间有一个月牙形水钵，从水钵右角斜视水面，可见凤凰山上的延安城墙，故名“水照延安”。水钵边上矗立一块二龙戏珠小石牌，牌中倒刻着“水照延安”四个字，围绕水钵俯视见水中有“水照延安”四字，格外壮丽，非常有趣。

⑤庞公祠：为纪念庞籍而新筑的仿古建筑。庞籍，宋代名臣，于宋仁宗庆历年以鄜延经略安抚招讨使兼知延州，文治武功，彪炳青史。

⑥范公祠，在印月亭南侧。祠左右矗立两个“望延亭”。

祠中有范仲淹在延州抗御西夏时的戎装像，身着铠甲，手握宝剑，头戴盔帽，神态英武。两侧侍立狄青和种世衡。祠为三开间大殿，门匾上书“宋朝人物第一”，柱联为“先天下之忧而忧，后天下之乐而乐”。

⑦琉璃塔：在清凉山西北仙人洞上方，系陕西省仅存一座琉璃塔。

宝塔山赋

丰林凝翠，碧野云烟，嘉岭烽火[①]，血染河山。宏开画卷，概历史之变迁；古迹斑斓，寄革命之维艰。天物独具，坤灵流丹，宝塔巍峨，名噪秦川。标一山之神秀，此塔岿然；育满城之风情，斯水绵延。叹岁月之悠悠，定乾坤之光环，览胜景之无余，赞薪火之相传。

夏秋之交，戊戌之年，余赴延安，考察游览。骄阳似火，蝉喘雷干，热浪滚滚，赫赫炎炎。出租车内，平和戏讪，陕北小伙，质朴健谈。满足口舌之欲，吐露肺腑之言，体民俗之风情，感地域之交欢。车停宝塔山下，驻足延河旁边。排排窑洞，曾住聪慧英贤；桩桩旧物，勾起历史怀念。旧址翻新，别开生面，兴建工农学校[②]，助力救国抗战。日寇勠力，惹亲族反目；蛮夷无耻，让同胞汗颜。环河绕天堑，涉水险跋山。星夜寒侵身，心甘情愿，殷盼朝元；露营草作褥，梦祈和平，信念如磐[3]。有志之士，为和平献身；无畏俊彦，为不公浩叹。良史以实录直书为贵，意志如磐石无摧为坚。

拾级而上，石台盘旋，宝塔伫立[4]，映入眼帘。阁式砖垒，叠涩出檐，八角九层，气象宏然。春花秋月，历尽千载兴替；夏雨冬雪，见证世事变迁。宝塔斑驳，其身尚全，历史有记，任凭感叹。一砖一瓦，古韵气息浓烈；南北额书，艺术元素沉淀。高超起落，巍巍宝塔无语；俯视红尘，络绎人群有言。明铁钟[5]，报警守时，声传方圆，音入滔滔延水，势盖九霄云天；悬钟亭，斗拱复繁，彩绘绚烂，踱步古雅氤氲，令人气定神闲。摩崖石刻，行楷隶篆[6]，历史悠悠，文明灿灿。诗文盛誉[7]，书法连篇。唐明建筑之遗迹，暗藏多少战火，几度风烟；红色延安之象征，屡遭无数兵燹，日月新天。

登山路险要如削，石级陡立；摘星楼耸立山巅，览胜巍然。攀爬至顶，仰望浩繁，人迹罕至，静谧思寰。与圣贤接语，叹神工天然；与文人对话，颂锦绣河山。英雄豪气，虎踞龙盘，垂涎关隘，西夏进犯。韩琪镇守，范公戍边，震古烁今，举世之善。御一方之安定，扼咽喉之雄关。望寇台前，三川动静尽收眼底；摘星楼上[8]，苍穹灿烂悉数全览。范公井，潺潺延水通崖可汲；东视林，卫星信号飞天臻全。嘉岭书院[9]，唯石碑一通；森森枯木，述人世寰变。烽火残台[10]，于此安眠，日夜巍立，仰赞奇观。登之雀跃而望，颔首长瞻；叹之风烛残落，视若等闲。厚土有哀，弹痕累累，圣火青峦，血迹斑斑。古为烽火疆土，埋葬无数英雄忠骨；今作红色圣地，泪崩几多烈士礼赞。

河川疮痍，江山流泪，谁扶大厦之将倾？谁救民族于危难？怒涛激越，忠勇共鉴，同仇敌忾，力挽狂澜。宝塔领航向，生死挽尊严。血洒黄土，披肝沥胆，重整旗鼓，山河凯旋。俯仰浮沉，华光璀璨，塔佑民众，百姓敬山。世纪之音，共谱和弦，丰碑永存，千秋共言。巍巍宝塔山，再谱新鸿篇。

注释：

①宝塔山古称嘉岭山，位于延安城东地，延河之滨，在山上可鸟瞰整个延安城区，因山上有塔，故通常称作宝塔山。

②日本工农学校：是抗日战争期间，八路军政治部为教育改造日本战俘，培养反战同盟干部和战后日本干部工作而建立的特殊学校。其他绝大部分人培训后参加了八路军、新四军和日本在华反战组织，在反战宣传、瓦解日军士气，团结在华日本人，扩大反战同盟等方面做出了重要贡献。

③《日本青年反战进行曲》中写道：马在嘶叫，路遥遥，夜又快来。今夜露营又是草作褥，倾听秋虫悲哀地鸣叫，离开故乡，越过了海和山，来到这遥远的异地，星夜寒侵身，

忘不了爱妻。

④延安宝塔：又名岭山宝塔，始建于唐代宗大历年间，宋仁宗庆历年间又重建，金世宗大定九年和明神宗万历三十六年修葺。宝塔为八角九级楼阁式空心转塔，辟有南北二门，南门额“高超碧落”，北门额书“俯视红尘”，北门内测有阶梯可以登临塔顶。二层至八层券窗隔层相错，每层皆叠涩出檐，檐下刻仿木构额仿，九层则四面有窗。

⑤明铁钟：明崇祯元年铸造，原在太和道观。抗日战争时期，陕甘宁边区保安处将其移到此处为报警之用，1984年修建钟亭，将其置于亭内。

⑥宝塔山下还有历代遗留下来的摩崖刻字多处，范仲淹题刻的“嘉岭山”隶书最著名，还有“胸中自有数万甲兵”等题刻。

⑦明延安知府顾延寿有诗曰：“嘉岭叠叠椅晴空，景色都归西照中。塔影例分深树绿，花枝低映碧流红。幽僧栖迹烟霞坞，野鸟飞归锦绣从。”陈毅作《延安宝塔歌》：“延安有宝塔，巍峨高山上。高耸入云端，塔尖指方向。红日照白雪，万众齐仰望。”现当代著名诗人贺敬之写下名句：“几回回梦里回延安，双手搂定宝塔山。”

⑧摘星楼：系范仲淹戍延时所修筑的瞭望台，是俯瞰延安全景的最佳之地。瞭望台位于宝塔山最高点，每到夜晚，

漫天繁星，举手可摘，故名摘星楼。

⑨嘉岭书院：又称范公书院。范仲淹在宝塔山上修城筑寨，抵御西夏进犯，并修筑嘉岭书院。大兴学风，广招学子，习文研武，培养军地两用人才。原书院已毁，1979年在书院遗址出土《嘉岭书院记》石碑一通，记载了清乾隆年间重修书院事迹，现立于书院遗址处。

⑩烽火台：系范仲淹镇守延州时所建，原烽火台为土夯筑成的四棱台，后为防风雨侵蚀而砖砌加固，选址不在山巅，但视野开阔，一旦烽火点燃，延安三川皆可看到，能有效发挥御敌报警作用。

凤凰山赋

山河表里，如聚峰峦，锦绣凤凰，日月回环。芳名吉祥，身世荣繁，兴衰迭变，典故悠远。叶生吹箫引凤，缔造神话[①]；后世立说成言，点缀名山。浩开混元，象成上古，集天地日月之灵秀；诸帝高览，时值丰年，有凤凰拜祖之美谈。植林木于高塬，引飞鹤于云间。满山松柏苍翠，景致宜人；满身传奇连篇，梦绕魂牵。

振衣千仞，直上青云，光辉无限，沉重内涵。延州群峰之冠，古城依山而建。古朴城墙，浓缩千年历史风云；无言丰碑，凝结数代军民血汗。鎏金草书登云近月，劲道笔法暗藏春秋，大放豪言，收复河山。青砖关门显旧色，黑底石匾亦枉然。石径幽邃，浓荫送爽，登高远望，娱乐休闲。靓女痴男，临风凭栏，心旷神怡，流连忘返。株株紫丁香花，愁思郁结，满眼尽是思念；帧帧群雕长卷，精镌细刻，陈铺皆数维艰。一楼三称[②]，文昌阁肃穆庄严；底蕴深厚，一楹联抒尽尘变。三月逢二，文昌生辰，人来人往香火旺盛，望子成龙祈福上天。竞相登临者摩肩接踵，顶礼朝拜者数以百千。意诚则灵，心善则验。光阴荏苒，岁月斑斓，观景平台上，望远尽风烟。六郎寨里制精器，石擂阵中显神威，扼咽喉要道之奇险，令敌寇妖魔而丧胆。暮鼓敲响王朝丧钟，金戈挑起名族争端。鼎钟悬挂，锈迹斑斑，警示后人，国耻时念。邀月台上，尽兴忘我自吟唱；累书所记，烨烨雄文皆辛酸。一代名将，骁勇善战，三更鼓响夺昆仑；百名儿郎，视死如归，保密心腹袭雄关。狄青寨前出良将，狄青牢里雪沉冤。[③]

风雨迭变，历史悠远，遥追过往，沧海桑田。长戈裂云，马蹄声碎，大风裹挟黄沙，烈火焚烧河山。大将蒙恬北征匈奴，以守制攻；虎狼秦军脚踏延州，筑城守关。边陲战火久久不息，生灵涂炭；兵家重镇代代鏖战，虎视眈眈。尉迟恭镇守以修葺，范仲淹驻军而扩建。八风占阵气，空中布兵；六甲显谋略，辽人丧胆。延昭挖筑转兵洞，价值非凡；范公打造镇西楼，雉堞巍然。韩忠献可谓社稷之臣，措天下于泰山之安；庞醇之亦有宰相之才，佐朝纲似铜墙之坚[④]。杨家将为宋效力，忠心日月可鉴；沈存中牵连被贬，延民同情哀叹[⑤]。五花莲城，遥遥呼应，军事咽喉，息息关联。烽火遗址，演绎多少战事；凤凰山上，辜负多少忠贤。

毛主席初到延安，首住凤凰山；徐特立六十大寿，赋诗又游览⑥。尊师重道，树立标杆，震动延安，传为美谈。一领草席贴身，一扇旧门挡风，木质桌凳，薄薄毛毯。感悟红色洗礼，领悟岁月维艰。一支钢笔，催燃星星之火；一代伟人，躬身力挽狂澜。《实践论》诞生此地，《矛盾论》毗连出现。

美哉凤凰，境启新元。有秀丽之风景，出感人之神话，为领袖之别居，留红色之花团。红都血液，流淌延河水；时代新风，吹拂凤凰山。光阴似箭，时光荏苒，凤凰之名，晓以尧天。

注释：

①叶生吹箫引凤：叶生十岁那年初触“家有梧桐招凤凰”之句后，决意在门前栽梧桐招引百鸟之王凤凰。七八年后梧桐树根深叶茂，他站在梧桐树畔吹箫，也整整吹了七八年，当地百姓纷纷议论，叶生依然持之以恒。他的痴诚终于感动了玉皇大帝，玉皇大帝派凤凰仙子下凡遂他的愿望。一日延州城在旭日东升之际，数以万计的百鸟笼罩了延州城上空，欢声雀跃奋鸣不止，并有序地让开一条通道，一只五彩缤纷的金凤凰正徐徐飞来。叶生爬上西岭山吹起优美悦耳的箫乐，凤凰凌空俯视叶生，被叶生十年如一日的执着诚心感动，忘

掉天条戒律落在西岭上与叶生对话，最终留了下来并与叶生结为伉俪。不知不觉十年过去了，玉皇大帝猛然间便问群臣，方知凤凰仙子久去未归，命天兵天将下界押解凤凰仙子回天庭受罚。凤凰仙子她决意死不上天，以身殉夫，于是凤凰便施展万年法力，显露原形而亡卧西岭。后来她的骨骼化作山脉，漂亮的羽毛化作万木花草。后人为了纪念她，便把她与叶生住过的地方叫凤凰村，她殉身而卧的地方叫凤凰山，叶生吹箫引凤的典故从此传遍华夏。“招凤亭”和“栖凤亭”就是后人为纪念他们忠贞不渝的爱情而建的。

②“一楼三称”按年代顺序排列为始名凤凰阁、文昌阁、镇西楼。这三个不同的名称有着三个不同的传列：凤凰阁始远古时期人们为了纪念吹箫引凤的叶生和凤凰仙子而建立的；文昌阁初名于宋仁宗元年，人们在原凤凰阁的基础上，加以扩建整修，文昌帝君是古代学问、文章、科举士子的守护神；镇西楼则是次于文昌阁后的一名称。北宋年间，因受战火的侵袭，文昌阁则又名镇西楼，以求在文昌神的默佑下国泰民安。

③狄青“三鼓夺昆仑”被兵家誉为奇迹传为佳话。据说，夺昆仑关当夜，他大摆酒宴犒赏三军，一更鼓宴将佐，二更鼓宴军校，三更鼓宴士卒，令敌军除去戒心。二更时，他命人继续宴酒，谎称身体不适。回房后他亲率心腹百名，独闯

攻关，当三更鼓响时他已夺下昆仑关，从此，威震四方，名扬内外，成为一代名将。

④韩忠献，指韩琪，北宋名将，欧阳修赞其“临大事，决大议，垂绅正笏，不动声色，措天下于泰山之安，可谓社稷之臣”。庞醇之，指庞籍，北宋宰相。

⑤沈从中，指沈括。

⑥1937年2月1日，毛泽东、朱德、周恩来、任弼日、郭沫若，徒步登山凤凰山，在文昌阁前为徐特立举行六十岁庆寿活动。这种尊师重教的举动，当时在陕甘宁边区引起很大震动，并被人们久久传为佳话。并且在这一天，任弼时提议大家以山和凤凰为题，咏出千古绝句，后人勒石碑刻。

毛泽东题诗：登山到顶我为峰，凤凰山上定乾坤。

周恩来题诗：庆寿步步登仙山，凤凰拜神祷苍生。

任弼时题诗：云山起翰墨，凤凰颂大同。

郭沫若题诗：山高益豪言，凤凰出精英。

太和山赋

太和奇观[①]，紫烟升腾，庙宇星罗，道家胜境。翠柏森森，古松高耸，山峰奇秀，绿树成荫。借得五台三分韵，堪比终南一角峰，纳北国之秀气，怀红尘之胸襟。星光显耀，南濒嘉岭之宝塔；叆叇祥云，遥望凤凰以寄兴。三山鼎立，太和第一，历史悠久，盛世有名。

繁华世事，浩渺天空，丽日新晴，若饮清风。攀登陡峭山路，仰望太和鼎盛。石阶如削如立，山门巍巍扶风。图纹旋柱，灵兽守门，彩绘斗拱，凤舞龙腾。道教精微，博大精深，云门奥妙，胜景逸珍。犹如云挂山头，行至山巅云更清；恰似月浮水面，拨开水面水还深。牌楼耀眼，皆是金龙，楹联醒目，义深理真。莲花城中奉国寺，金银玉器甚是丰。郇道虚遂建紫极雄宫求太和，明成祖大兴道观神庙感神恩[②]。宗教兴盛，脉承文明，天人合一，顺势而尊。道法自然，庄严清静，以济世利人为荣[③]，以修德行善为本。

造化神秀一隅，道观隐映山顶。五龙宫里，配殿西东[④]：朱衣求官得功禄，蔡伦造纸记文明。禹王治水，恩泽华夏，葛洪炼丹，九州留名。张衡演绎日月星辰，地动仪震惊朝野；神童精研诗词曲赋，《二京赋》鹊名京城。自然崇拜，山岳之神，厚土之王，土地之神。人间拜月，嫦娥久住广寒；太阳星君，太昊继天而生。兴云布雨，全托龙王，西游有记，青史可寻。山不在高，有仙则灵，水不在深，有龙则灵。红带缠柱，迎风飘凌，石狮伫立，北方以镇。香气缭绕祥瑞纷呈，灯笼悬挂心净澄明。三十六修成道德，八十二化伏龟蛇，龙兔依阶对望，生肖奕奕传神。灵兽雄立，雕像绝伦，邪神焉难挡道，恶鬼岂能迷人。千枝玉叶，舞仙风于鹤驾；七真金莲，行道派于龙门。五祖圣德，太和生辉，掬玉泉之圣水，承灿烂之人文。阁中藏宝典，观里有乾坤。道脉相承，昭彰宇宙，心源若接，默契天人。九重天上朝圣母，万里人间祈子孙。积善而行，至上至诚。

登阶而上，忍酷暑之炙热；百余民工，修山路以通顶。珠悬额头，汗浸全身。烈日炎炎凿石施工，微风徐徐不解溽闷[⑤]。琉璃雄狮，威风凛凛；千古银杏，叶叶含情。三彩升斗出廊檐，众多拱形起脊顶。绿窗朱门生敬畏，石碑成林亦纵横。

鸿文剥落，字迹遗存，沧桑千载，沐雨栉风。彩带飘飘，塞鼓高挂，罡风浩浩，古钟悬空。锁扼门庭，不知其奥秘；名重丹台，不解其深沉。白莲台上尽慈悲，紫竹林中皆雅韵。缭绕青烟，紫竹禅林，宫殿高耸，道场峥嵘。青山无言书沉痛，庙宇有思念悲情。敌机来轰炸，惨遭破坏；“文化大革命”，荡然无存。仁人志士，致力修缮，道教信徒，决心恢复⑥。集思广益开门路，至诚不懈夜苏醒。费尽九牛二虎之力，凿山运石；攻破千难万险之困，开山劈径。道观落成，毅力之铸熔；众志成城，智慧之结晶。大典盛会，每每举行，名传延安，享誉三秦。

先祖定居，出没圣真，宝风清凉，盛景迷人。中华文脉源远流长，道家精神与世长存。君不见，太和奇观若画卷，丰碑雄文镌人文。

注释：

①延安太和山，是为道家圣地，古称“天山”“莲花山”，位于延安市东北的清凉山之巅，南濒宝塔山，西邻凤凰山，有“三山鼎立，太和第一”之称。

②早在隋大业三年太和山上就有莲花城，建有奉国寺。北宋庆历年间在寺内掘藏获得金银玉器甚丰，道士郇道虚遂改建为紫极宫。建文四年，明成祖为感神恩，诏令全国大兴道观神庙，太和山亦应诏扩建。

③太和道观以修德行善为本，济世利人为荣，在做好宗教活动的同时，积极参与扶贫救灾、拥军爱警、捐资助学的活动。将道教文化和社会主义核心价值观相结合，打造一个文明和谐、天人合一、庄重清静的圣地。

④五龙宫有东西两配殿，并且配殿前立有石碑，陈述详情。东配殿从南到北依此为山神殿、太阳殿、太阴殿、青龙殿、土地殿；其中山神殿供的是山神，保佑山中平安；太阳殿供奉太阳神，即日神；太阴殿供奉月亮神，即月神，道教称为太阴娘娘，民间也认为就是嫦娥；青龙殿供奉青龙，是四方神中的东方神；土地殿供奉土地爷，是掌管一方土地的神。西配殿从南到北依此为朱衣殿、蔡伦殿、禹王殿、张衡殿、葛洪殿；其中朱衣是专管求官或升官的神；蔡伦殿内顾名思义供奉的就是蔡伦；禹王殿敬奉的是大禹；张衡殿供奉张衡；葛洪殿供奉葛真人，他是东晋道教理论家、炼丹家、医学家。

⑤己亥年夏进入延安采风调研，来到太和山，恰逢烈日炎炎，太和山道观修葺时候，看到了烈日下汗流浃背、辛苦工作的工人。

⑥1936年，于右任曾提议修复太和山，并题写“太和山”观名。1938年，陕甘宁边区政府主席林伯渠发布告示：“严禁军民人等进占太和山庙”。新中国成立之后，在宫观道众与信士共同努力下，才得以有今日的恢宏。

万花山赋

山为名花占，赫赫神州有几处？洛阳兴盛前，延安牡丹以为宗。钟红都之紫气，成一隅之胜景，纳漫山之青岚，融地域之风韵。漫步花丛，朵朵仙枝听汉颂；驻足山顶，缕缕花香惹唐风。观花历史已逾千载[①]，单瓣复瓣熠熠纷呈。满山苍翠四季常青，枝繁叶茂依恋红尘。

木兰陵园，古香古韵，巾帼雕塑，奕奕有神。专员以题匾，市长诚撰文[②]。以情寓志，以物咏情。麒麟含笑迎客，丹凤巨雕朝阳，万花山，木兰情。烈马踏石而起，两足腾空；惊愕昂首扬尾，张口嘶鸣。木兰持剑云中，铁甲着身；男装三军主帅，骁勇争锋。青冢雕凤，天香浓映，昭昭过往，煌煌曾经。遥知将军百战死，不见壮士归家魂。凝凝寒夜惊，风雪覆毡篷；哀哀胡雁鸣，狼烟绕龙城。燕山落胡尘，大漠添荒坟。十年男儿，十年一梦，故里两行热泪盈，精忠无悔赴军征。替父从军，山河家国胸中陈；素女惊人，从此青史留芳名。

延水凌浪，蓝天作屏，满目殷红，唐宋遗风。五月牡丹何处艳，最美延安万花山，万株富贵竞盛放，千顷花海亦袭人。长虹卧波，乘舟牡丹湖；丽日新晴，放歌归云程。鸟语啁啾，百灵高鸣，水榭凉亭，交相辉映。湖面不胜阔，碧波恰如镜。湖光山色融一体，投石击水断桥影。十二生肖，栩栩如生，翠柳摇曳，待客热情，横穿黄紫桥，驻足至碑亭。参差错落，满目人文，奇石高垒，石碑成林。牡丹之乡，总理题字，万花山上，主席题名。风车走廊五彩纷，儿童嬉耍乐盈盈。

崔府君庙，神秘气息，庚年不详，无法考证。字迹已剥落，牡丹花几蓬，达官贵人视为宝，樵者渔夫作柴薪。李延寿镌碑于此，杜少陵避乱藏身[③]。巧掷金簪云间落，恩爱夫妻连理襟[④]。观花台上，润之注目曾望远；绿红深处，恩来信步以怡情。漫山遍布，牡丹野生，姹紫嫣红，美景怡人。富丽堂皇，珠香醉人，色泽艳丽，玉笑迎风。恰似玉砌，洁白如素雪；堪比赤红，粉橙若朝云。似西施出浴般含羞，若贵妃醉酒般迷人；似貂蝉掩面般妩媚，犹昭君出塞般超群。

骑马练武跑马梁[⑤]，连体而生五龙柏[⑦]。红绸系满，五株同根，相环相抱，相簇相拥。若巨龙盘绕，仰望苍穹；为万山添彩，装饰胜境。视为神物，观云测风雨；古柏奇响，听声预雷鸣。树冠劲舞，枝叶纷靡，枝杈相撞，裂帛声声。人生不走寻常路，下山亦有滑道来，依山而建，石铺万仞。烦恼抛九霄，杂念扔云外。湛湛青天静无风，辉辉丽日山氤氲。

才疏学浅，人微言轻，独娱自乐，纸长墨浓。胜景难掩忧心，花海不容愁情。楚河两岸硝烟障，从来暗箭起同行。难忘恩师曾叮咛，每逢流言且莫惊。且将质疑踩脚下，又把蜚语当耳风。潜心研究，躬身耕耘，毕力成书，无愧于心。泱泱华夏，山水生胜景；渊渊长流，文史蕴深情。

注释：

①据《延安府志》载，早在宋代延州人就有赏牡丹之爱好，可查的观花史已有千年，民间传说时间更早，从明朝泓治年间知府李延寿的石牌引言中至少推算到六朝时期万花山就已经有牡丹。

②“木兰陵园”四个苍劲有力的大字为原延安行署副专员王廷璧所书，进门有两通石碑，右碑是曾任延安市市长的高仲田撰写的碑文。

③在万花山的东坡上，有一院小小的庙宇，叫崔府君庙，建于何朝何代已无法考证。仅据明朝弘治年间延州知府李延

寿镌碑称，他于丁巳年（1497）游万花山时，已有此庙。李延寿游牡丹山题诗两首原碑立于两侧，因年代已久字迹剥落，又于东侧依原样新镌刻石碑一通，上刻游诗二首。两孔窑洞的墙壁上一间彩绘唐代大诗人杜甫的万花山之行。远在唐代“安史之乱”期间，诗人杜甫，从鹿州（富县）羌村北上赴灵武，曾途径来到万花山。《杜甫年谱》中记载八月洪水已退，便离羌村只身北上延州，暂住于城南七里之小河（又名南河）。小河支流源于牡丹山，南河又名牡丹川，宋时又名杜甫川，以“甫避乱居此”故名。

④相传花源头村有一位诚实勤恳的后生，名叫崔文瑞，他家境贫寒，靠卖柴为生。王母娘娘的四女儿四姐无意之中得知了崔文瑞，便故意从云端把自己的金簪丢到崔文瑞的脚下，通过假装寻找金簪，来考验崔文瑞是否诚实。崔文瑞不为金簪所动，将金簪交还给四姐。四姐被崔文瑞的善良诚实所感动，从心底爱上了他，于是便下凡与崔文瑞结为夫妻，并把从天上带来的牡丹花种子播撒在这座山上。经过多年的繁衍，牡丹花越开越茂盛，姹紫嫣红，美不胜收，人们便把这座山叫作“万花山”。这座崔府君庙，正是为了纪念四姐和崔文瑞千古流传的动人爱情故事而修建。

⑤在火红的延安时期，毛主席曾先后两次在百忙之中抽出时间来到万花山观赏牡丹。在漫山的牡丹之中，有一株是

最骄傲最特别的，被誉为“迎宾第一牡丹”，主席最爱的牡丹正是这一株，还曾经亲自为它浇过两次水。

⑥相传当年木兰返家后不忘时常骑马练武，久而久之山顶上被马踏出一大片开阔的平地，叫作“跑马梁”。

⑦跑马梁上，有一棵系满红绸的珍奇古柏，树名叫五龙柏，高达三丈之余，距今已有近六百年的历史。它针叶茂密，四季常青，像一条空中蜿蜒盘绕的大龙。相传五龙柏由一条小青龙变化而成，千百年来守护着万花山。当地人视它为守护神，久而久之，前来祈福的人络绎不绝。

南泥湾赋

风光旖旎，柔媚婵娟，山水竞妍，醉人心弦。三秦风水地，陕北后花园。风情不输江南，俏比苏州一葱茏；芳华惊艳北国，秀借秦岭一缕烟。思大千世界，与其媲美者寥寥无几；观浩渺寰宇，望其项背者每每汗颜。礼赞声声，绰约翩翩，文书风采，笔歌大观①。听醉九州儿女，惊羡古都长安。

江山胜概，旅游发展，山水灵秀，景色如烟。旅游环线上，霞飞一色碧绿；红色圣都旁，风韵满目迭现。荒山生林木，平原泛绿波，沟壑涌清涧，城郭和气全。天佑灵地，水润田园，生态日臻净化，闲苑骤变自然。物产丰盈，五谷满仓，有张掖武威之繁荣，具塞上江南之景观。朝霞出海，晴空日暖，华灯初上，天上人间。肥鸭遍地跑，牛羊放满川。青杏爽口，杜梨甘甜，麦浪万顷，稻菽千帆。田野有蛙声，树间有鸣蝉，阡陌始交横，日月皆映潭。灵鸟千丈高翔，池鱼嬉戏同欢，川道百里蜿蜒，山路犹如龙盘。雨霁空明，飞虹乍悬，山花烂漫，纤尘不染。桃宝峪中红楼林立，九龙泉上清流涓涓。劳山遇险，警卫誓死护总理[②]；宜瓦大捷，烈士西去血染天。观胜景之萦怀，展历史之变迁，赏塞上之秀美，思岁月之维艰。

放眼古今，沧桑巨变，追忆过往，满目辛酸。难见春花秋月，贫瘠不毛地；无关小桥流水，昔称烂泥湾。清朝风起云涌，回汉争夺；时值杀戮弥漫，荒凉凄惨。大地生悲，青山无语，世易时移，换地改天。

步履维艰，国民党封锁包围；自力更生，共产党开荒生产。困境中奋起，艰苦中发展。朱德亲踏黄土地，王震挺进南泥湾。三五九旅，齐心共谱华章；一四一团，激情苦筑新篇。沟峁广梁，赤旗飘扬，沙丘荒原，旌旗招展。天道酬勤，汗水滋润黄沙土；玉汝于成，血泪浇灌残破塬。披荆斩棘风露宿，军垦屯田雨眷恋。挖土窑，建新屋，打水井，种五谷，镰斧旌旗，忠诚沥胆，大礼堂拔地而起，围篝火军民同欢。人拉铁犁，播洒汗水，万众一心，镢挥斧砍。生产大运动，天地乾坤转，易风改俗制，旧貌换新颜。丰碑长立，劳模奉献，讴歌长颂，振奋向前。贺敬之一首《桃花篮》，郭兰英深情唱经典[③]。主席题贺，部长点赞，学习南泥湾，处处是江南。

时代风急，全国骤雨，知青潮涌，命途多舛。千万弱冠少年，下乡上山；无数文儒书生，稚肩挑担。翻山越岭，独步沟畔，烈日炎炎饱尝酷暑耕耘之苦，露宿草棚受尽蚊虫叮咬之难。躬身插秧，骨骼散发坚毅；田间锄地，思想披露茫然。白驹过隙，俊彦栖身于山野；风华正茂，栋梁埋没于荒原。运动容易，返乡艰难，韶华奉献黄土地；青春蹉跎在人间。寒来暑往，累月经年，时光荏苒，感慨嗟叹。十年风雨，留下多少遗憾往事；六十春秋，回首几册思念长卷。青山无语，河川有言，土地深情，墓堆怀缅。一排排青冢，一批批物件，灵魂之归宿，记忆之根源。初心不改，红星闪闪，精神长存，赖兹繁衍。

中国梦，延安红，胜景缱绻，精神绵延。陕北小江南，千里传音在嘉兴；最美南泥湾，独有红尘一片天。

注释：

①1942年，朱德、徐特立、谢觉哉、吴玉章、续范亭五位老人同游南泥湾。朱德赋诗感慨："熏风拂面来，有似江南好。"吴玉章赋诗赞叹："青山与绿水，美丽似江南。"

②1937年，抗日战争爆发之前，周恩来由延安赴南京同国民党商讨抵御日寇的计划。何应钦在劳山地区收买了一伙土匪，沿途袭击周总理一行，周总理一行人行至劳山地面时，

突然冲出一伙两百多人的土匪，打了他们一个措手不及。开车的司机当场中弹牺牲，警卫连的战士也很快倒下很多。周总理的警卫参谋陈友才当时十分冷静，立刻让两名警卫带领周总理撤离公路，自己留下来拒敌。陈友才因寡不敌众，最终壮烈牺牲，由于他的身材与周总理相似，土匪便误以为已经完成任务，便没有再追击，周总理因此才幸运脱险。此后的几十年，周总理从来没有忘记过陈友才的救命之恩，将他与陈友才等人的合影随身携带，时时怀念。

③贺敬之作词，马可谱曲的歌舞《挑花篮》唱道：“陕北的好江南，鲜花开满山，开满（呀）山；学习那南泥湾，处处是江南，又战斗来又生产，三五九旅是模范。”从此脍炙人口的名歌南泥湾诞生，后经著名歌唱家郭兰英一唱，唱遍了大江南北，唱得家喻户晓，都知道陕北还有个好江南——南泥湾。

黄帝陵赋

人文始祖，华胄领袖，枕蟜山以长眠[1]，带沮水以为襟。烟云聚散，气清景隆，煌煌莹莹，夺人目精。万木郁盛，玉液翕翕，山沐风雨而峥嵘，水接王气以凌凌。

桥山凝翠，福地生辉，碧水凌云，青峰掩映。至圣之所，气势如虹，苍苍古柏，郁郁青青。风水轴线[2]，起冢为陵，立庙祭祀，香烟氤氲。钟灵毓秀龙脉地，天下第一黄帝陵。轩辕桥仿灞桥而建，古朴厚重；护栏板雕古典图纹，石梁如林。始祖御龙飞升，群臣依依不舍，万民泪流成河[3]，千夫极度深情。赏桥山夜月，听沮水秋声，陶心养性，心境澄明。放眼标示碑[4]，熠熠伫立；注目迎池水，与天为镜。齐整衣冠拜黄帝，千寻如意诚心亭。轩辕广场，亚土生根，河卵铺就，象征文明。祭祀大典，可纳万人，皇天后土，问祖寻根。黄帝手植柏，苍劲若蛟龙。为群柏之冠，为柏树之父[⑤]，挺拔巍峨，冠盖蔽空。受万人之瞻仰，积千秋之深沉。桥山之巅，诸峰咸拱，八面来风，恍若仙境。

刘邦修建轩辕庙，世代君王祭黄陵。轩辕大殿，门楣高悬丹青颂；铁画银勾，句中藏有赤子心。斗拱飞檐，芳香氤氲，彩绘图腾，艺术传承。天圆地方，恢宏神圣，注入天光，通透清明。地面铺下五色土，建设专用花岗岩，厚重雄浑，喻意深明。诚朝圣地人文祖，心祭神州儿女情。帝王将相，皆来拜谒，布衣百姓，祈福心诚。达官贵人，焚香点烛，墨客骚人，尽铸雄文。石碑斑驳，百篇祝文应犹在；封建取缔，数几王朝不见踪。孙中山拳拳诚心敬祭词，蒋中正浩浩浓彩题碑铭。蒋鼎文泼墨轩辕庙，郭沫若挥笔黄帝陵。润之留下诗一斗，小平再添字一副，年年皆谱华章颂，届届齐奏祭祀音。祭祀大典，全国最盛，五湖朝拜，四海来宾。青烟袅袅迎客来，罄钟镗镗待游人。着汉服而盖巾帼，行崇礼以昭虔诚。香火萦绕，紫气升腾，礼炮轰鸣，震裂苍穹。大司仪威严立前，三献官虔诚垂拱。舞汉唐之众彩，宣高雅之祝文。颂文飞扬，纵情深咏，华乐绕梁，琴瑟和鸣。陈述当年概况，告慰始祖英灵。风云过眼五千载，青史留名耀汗青。

一代始祖，励精图治，陈精兵以振雄风，平蚩尤以还安宁。万民一统，建华夏之联盟；百姓分宗，创民族之雏形。

划天地以为九州，携众生以共文明。渊渊厚德，嵚崟功勋，德行天下，道传古今。九歌起舞，八佾顿蹈。掌天地之五常，授四方之人伦。尝遍百草，千秋惠民。遗圣德以泽万代，启文明而侍农耕，观天象而运四时，利天时以种五谷。察天地以演历数，视山河以测运程。

朱笔启智，墨香开蒙，童声稚嫩句句皆显深情，儿女戴冠以示文明传承；两姓交好，伉俪情深，两情相悦每每海誓山盟，长相厮守以昭世间人伦。人际和谐，家国双赢，宇内和平，万民仰颂。天佑华夏而九州兴，地润龙族而八荒灵。泱泱华夏之千秋万代，赫赫中华之古国文明。敬畏上苍，心念先民，五六同宗，一脉相承。同心同德，同源同根。勇做弄潮儿，敢为天下先，长书五洲雄文，发扬大国龙魂。诵千卷辞赋，荡气回肠；吟传世佳话，切切深情。强国之音，听雄狮巨吼；复兴之路，看巨龙飞腾。

注释：

①《史记·卷一·五帝本纪第一》载："黄帝崩，葬桥山。"桥山在远古时代为有蟜（jiǎo）氏居地，称作蟜山；黄帝时代称作"轩辕之丘"或"轩辕之台"，黄帝因此而得名"轩辕"，黄帝城中宫即位于此，以后演变成桥山。

②1992年7月11日，《人民日报》刊发了题为"黄帝陵风

水轴线”一文，文章说：“黄帝陵风水轴线就是桥山主脊至黄帝墓冢，并与印台山山峰之间构成一条连线，黄帝陵区的各种建筑都是以此为轴线而建造，墓冢方向正好在这条线上。”这条连线是西北至东南走向，也就是说，黄帝陵陵冢的坐向不同于后世帝王的正北正南（坐北朝南）或正西正东（坐西朝东），而是依据地理，背向西北，面朝东南，同桥山、子午岭和号称龙脉的昆仑山走向完全吻合，即中国地理的基本形态——“天倾西北，地不满东南”。

③沮河原名“祖河”，传说当黄帝被召要“御龙飞升”回天宫时，群臣先民依依不舍，眼泪哗哗地从桥山之巅淌流下来，全部流入了“祖河”。郦道元在写《水经注》时，考虑到“祖河”既然是黄帝先民眼泪形成的，不如改为“泪河”，再后来，为了让该河的名字既能代表先民们的眼泪，又能代表“祖河”，就将河名改成了“沮河”。桥山与印台山之间的这段沮河，因在印台山下，故又称为“印池”，其寓意为黄帝用印之水，传说黄帝总在此淘洗玉玺大印，对面即为黄帝置印的印台山。

④黄帝陵标识碑位于黄帝陵印池广场前，正面雕刻的黄帝陵标识，圆形背景源自中华文化“天圆”的传统理念，虚实相间体现时空转换，圆形下方的大地和如意祥云图案，寓意黄帝开创的中华文明根植厚土、造福华夏。黄帝陵标识碑

的设计和制作，以毛泽东主席委托郭沫若题写的“黄帝陵”为标识的要素，凸显了“黄帝陵是中华文明的精神标识”概念，确立了黄帝陵在中华文明史上崇高的地位与尊严。标识碑总高4.5米，寓意九五之尊及五湖四海对始祖黄帝的敬仰。

⑤1982年，英国林业专家罗皮尔考察了二十七个国家的柏树后，认为唯有黄帝手植柏最粗壮、最古老，称赞它是“世界柏树之父”。1998年12月9日，“中华名树公选养护委员会”将黄帝手植柏评为中华百棵名树之首，世人誉为“世界柏树之冠”。

壶口瀑布赋

蓄千仞之势，倾城之间；纳百川之流，一著浑然。悬流万丈，上溯于天，崩浪千寻，下落于渊。源出昆仑，玉关九转，黄河之巨阨，孟津之石关。有嵩山之伟，纳华山之险，集衡山之秀，具黄山之妍。巨壶喷溢，致玉柱成漩；清水激动，令吕梁汗颜。《山海经》记载，《水经注》描述。观其形，豪情上云天；凝其神，雄风万古绵。浪咆哮，神龙吐水；光无影，怒涛拍岸。秦晋千里长峡，滔滔黄水倾泻而下；延安百顷宽塬，滚滚洪流巍巍壮观。

袖里乾坤，壶中日月，留恋高原上，浩茫天地间。下济苍生，上敬高天，平凡世界，岁月悠然。自然神功，塑造奇观，石质丘陵，碎土黄塬。天河悬流，峻若建瓴，河流溯源侵蚀，河湖竭力维艰。三色砂岩[①]，分层明显，西北缓倾，河床陡坎。溯源上古，汾渭地堑，大潮涌动，抬升裂点。河床见方，河岸呈圆，巨龙漫舞，众景苍然。巨石临危，河中有山，束流悬柱，悸魂摄眼。河之未见，先听急湍。两岸石壁峭立，域内洪流倾泻，河口收束狭如壶口，须臾冲浪吼声彻天。山岳为之惊色，悬崖为之退缩，浑洪最怒，浊音滔天，濬波颓垒，宇内奇观。一夫当关，万夫莫开，堪比惊鸿雨，势若游龙盘。夏末秋初，河水急增，瀑宽百米，弥漫方圆。素气云浮，烟雾迷蒙，时时雨露沾身；水流交横，豗浪翻滚，频频势冲云汉。黄河心脏，大地惊雷，盘涡毂转，蔚为壮观。八景迭现，天下奇观，娓娓道来，遐迩盛传[②]。山河灵气，水底冒烟。湍流急下致水雾腾空，蒸云接天；激浪飞渚成滚滚浓烟，十里悉见。条痕累累，旱地行船。深槽狭长漕运难行，中途卸货畜驮人担。挑夫纤户，于此倾洒血汗；新桥修葺，旧迹依然斑斑。每迂晴日，浓雾空悬，霓虹戏水，彩带飘然。似长龙吸水，若彩桥飞天。五光十色，锦簇花团，扑朔迷离，天下罕见。山飞海立，八景之冕，束流汇聚成飞瀑，水幕倾倒泛青岚。晴空洒雨，湿人衣衫，蒙蒙落落，轻声弄弦。旱地惊雷，十里声传，震耳欲聋，视听维艰。犹如万马奔腾，恰若万鼓齐喧。冰峰倒挂，水柱寒暄，彩虹光临，游移其间。叹喟造化之神秀，七彩与晶莹映衬；放眼山光之别趣，游人与胜景缠绵。十里龙槽，龙身穿凿，溯源上移，瀑下深潭。

洪水四溢表不满，巨涛翻卷达意见。山水有灵性，与人系情牵。

九河之蹬，一眼望穿，南接龙门千古气，北牵壶口一丝天。两岛顽劣合一，离家泛滥；大禹一劈为二，疏导入渊。远眺如舟，近观似山，俯视若门，仰视犹原。南鹏留诗[3]，徐公题匾[4]。孟门夜月，陶醉天下伊人；卧镇狂流，震撼古今昊天。黄河大桥，连接两岸，狐仙踩线[5]，数九寒天。古时军事咽喉，近代运输集散。李渊陈兵进壶口，滨民献舟取长安；闯王起义过冰桥，所向披靡攻吉县。黄河涸瘦，水量骤减，屡屡滴雨未落，每每万民祈天。秦晋交好，运输咽喉，商埠繁华，风光无限[6]。衣锦渡、官头渡，渡口皆是黄金水道；圪针滩、蛤蟆滩，滩涂全为宝藏天然。黄河高阶地，乾坤众小山，二趾兽化石，紫斑矮牡丹。历经千年，沧桑不变，遗址有思，文物寄言。

雄姿不改，壮色不减，波浪涌涌，诗韵绵绵。惠世扬赋诗长颂[7]，毛主席题词赞叹。漫漫长河历史，留下无数璀璨。名山出名人，大河依雄山，作曲名家冼星海，抗日志士光未然。激扬文字，歌咏江山。《黄河大合唱》，经典咏流传。星移斗转，岁月斑斓，腹无才情，穷书星星点点；人生困境，百事磨砺，胸无大志，坚毅披甲在肩。

美哉乎，壶口瀑布，壮哉乎，瀑布壶口，赫赫乎三秦头冠，熠熠乎名播尘寰。

注释：

①壶口一带出露的基岩主要是三叠系纸房组。上部为紫红色、紫灰色和灰绿色细砂岩与泥质岩类互层，下部为深层砂岩。砂岩以长石砂岩为主，比较坚硬；泥质岩类以页岩为主，松软破碎，易遭流水侵蚀。

②壶口瀑布出现一系列奇特的景致，主要有八大奇观，称为水底冒烟、旱地行船、霓虹戏水、山飞海立、晴空洒雨、旱天惊雷、冰峰倒挂、十里龙槽。

③历史文献中，对孟门的记载不少，孟门山虽然不足以称“山”，但它的奇特景致引人入胜。清人南鹏在诗中写到“闻说孟门小，来看大似拳。生就书案景，拟在画中悬”。

④雍正初年，金明郡守徐洹瀛题刻的“卧镇狂流”四个大字，匾幅长2.5米，宽一米，是对此处山水奇景的真实写照。

⑤十里龙槽被冰雪覆盖，其上的冰层“小雪流凌，大雪合桥”。数九寒天，当河槽初封时，人们看到狐狸等野生动物的足迹，就知道下面冰层较厚，可以通行。因此，民间有“狐仙踩线”的传说。

⑥冰桥：据记载，明末崇祯三年（1630）李自成起义军将领王嘉率义军乘黄河冰封时，由壶口一带过“冰桥”，攻

克山西吉县。清末，转战陕北一带的西捻军，于清同治五年，由梁王张宗禹统帅，在西龙王辿强渡黄河冰桥，越吕梁山，救援东捻军。黄河冰桥在历史上为促进秦晋之间的经济文化交流和人际交往发挥过一定作用。

⑦明代诗人惠世扬咏赞：“源出昆仑衍大流，玉关九转一壶收。双腾虬线直冲斗，三鼓鲸鳞敢负舟。桃浪雨飞翻海市，松崖雷起倒蜃楼。鳌头未可寻常钓，除是羽仙明月钩。”

乾坤湾赋[①]

歌曰："你晓得天下黄河几十几道湾，我晓得天下黄河九十九道湾。"

看九曲神韵，势惊昊天；恰银河倾泻，气贯霄汉。沟壑掬浪，是为华夏奇观；山川肃穆，古今名噪长安。自然奥妙无穷，沃土神绘太极图[②]；天地造化庄严，万里黄河第一湾。出秦入晋，河道蜿蜒，黄色飘带，迎风盎然。中华文明之缩影，自然文化之遗产。

盘古劈地，女娲补天，伏羲先祖，盛德有范。仰则观象于天，俯则观法于地，鸟兽人文，大地之妍[③]。近取诸身，远取诸物，悟创太极，一脉相传。启鸿蒙于混沌，施教化于方圆。华夏文明史，因此生辉；黄河中华龙，由此发源。七湾八脉成太极，九曲十环境开元。阴阳双鱼，栩栩如生，动态画面，活灵活现。山水依偎而合抱阴阳，山中有水而河中有山。山水相映，河山相连，共生共荣，和谐典范。水怀阴柔之美，山存刚健之气，智者乐水，仁者乐山。相依相存，互为转换，谦和有度，海纳百川。天地日月以汇阴阳刚柔，必出绝类之象；华夏文脉以注大气豪放，位列古国之冠。

一区八景，万象缱绻，得以天保，神秀钟然。神牛犁河，苍鹰守关，龙马静卧，彤云高盘。行走波浪谷，抚摸岁月年轮；亲临乾坤湾，饱览黄河大观。河怀村三面环水，周跨弧线；神奇岛狭长如履，陆河难见。摩崖天书，凭吊兴叹，东海神龟，寓意非凡。万千演绎尽在妙手之间，神秘过往皆入圣人慧眼。八卦台上玄机藏遍，吉凶皆演；乾坤亭前极目远眺，雄湾尽览。定情岛，见证无数情侣情定今朝[4]；会峰寨，静听九曲黄河日夜弄弦。清水湾，残破坍塌，繁华不及当年；女娲峰，翘首西望，气度依旧非凡。斯水涵养，清水衙门出廉吏[5]；厚土有韵，黄土塬上有清官。三秦奇葩，人间仙境，时时百鸟翔集，每每鹰隼云烟。高原一福地，独有一片天。令无数青年才俊，赋诗留言；让多少古稀耄耋，妙语称赞。高校学者，慕名探究，知名画家，写生成卷。游人钟情，流连忘返，骚客惬意，悠然凭栏。雄铺一篇篇经典，勾勒一幅幅画卷。尧天溢彩，坤灵流丹，日月生辉，膏壤璀璨。

红叶丹霞，长河落日，驻足古道崖畔，凝视水奔河岸。

视野开阔，云涛浪卷，心旷神怡，风韵天然。岩壁峻峭，山势巍然，洪波浩荡，峡谷深远。大雨剧骤，阴晴变幻不定；湿雾缭绕，山头忽隐忽现。史海钩沉，自成一物，是为千仞，纵生青岚。灼灼艳阳映照，漫漫黄土群峦。暮色苍茫，夕阳映辉，发育密集蛇曲群，动感地带撼人颜。天下黄河第一漂，羊皮筏子顺流而下；百里秦晋大峡谷，刺激滑行流连忘返。体验黄河漂流，感受黄土焕颜。大浪淘沙，流水侵石，留下多少遗憾，泪祭无数英贤。千年古窑，雕刻民族恩怨相忘江湖；沿黄古道，勾起无限遐想思绪浩然。十三代王朝兴衰交替，乾坤岿然；八百里秦川金戈铁马，血融神湾。风流人物，心怀天下，不到长城非好汉，不到黄河心不甘。文明发祥与演化，高原隆升与变迁，尘埃落定，心归自然。功名利禄，荣辱得失，皆随风而逝；喜乐哀愁，万般杂念，全携沙流远。

下瞰吉地，上摩云天，百姓安居，赖兹繁衍。极目乾坤，点缀延川，山水与人文并重，经济与旅游蝉联。集观光度假于一体，融天时地利于一身。错落有致红枣树，大湾低下垦梯田。伏羲马头碰碰车，沙地摩托木马旋。生态资源，得天独厚，游人如织，慕名赴宴。俱往矣，乾坤湾里谱锦绣；数风流，胜景旧貌换新颜。

注释：

①乾坤湾位于山西省永和县打石腰乡河会里村和陕西省延川县城南部五十三千米接壤处。乾坤湾是一幅天然太极图，是黄河古道秦晋峡谷上一大天然景观。

②黄河在这里形成一个S形的大转弯，如同神话传说中玉皇大帝于天庭丢落在黄土高原丘陵沟壑区的“河图”和“洛书”，酷似天地造化的天然太极图。位于S形的黄河古道边畔上的河怀村和伏义河村，犹如黄河巨龙怀抱其间的“阴阳鱼”。

③相传远古时，太昊伏羲氏在这里“仰则观象于天，俯则观法于地，观鸟兽之文与地之宜，近取诸身，远取诸物，于是始作八卦，以通神明之德，以类万物之情”。

④在乾坤湾的左弯道中有一块突起的沙丘，被称为“定情岛”。以黄河为界，河东为山西，河西为陕西，小岛正好处在两省的交界之处、黄河的最中央，造就了著名的“秦晋之好”。岛上怪石嶙峋，鹅卵石遍布，传说是伏羲之母风华婿履大迹感生伏羲的地方。

⑤清水湾位于县城南三十八千米处，是继乾坤湾之后的第二大湾，弯度达到三百零五度。相传古时这里设有衙门，为官者爱民如子，两袖清风，加之黄河在这里接纳了一股清泉，“清水衙门”便由此得来。

万安禅院赋

黄陵有双龙，峪村千佛映[①]。万安禅院，森森古树以参天；奇石矗立，潼潼清流绕曲径。山识玄机，紫柏苍松明佛性；门藏妙道，来云去雾证禅心[②]。千年之古寺，百年之筑成，艺术之殿堂，永世之结晶。

雾锁群峰，景收苍穹，己亥深秋，余至黄陵。飞玉泻珠，大雨倾盆，单衣薄面，秋风袭人。沿阶而上，撑伞前进，任尔风雨飘摇，始终抱趣而行。清凉至极，幽森至浓，昼雨新濛，禅院深沉。拴马桩上，留下深深勒痕；巨石开裂，显现错盘树根[③]。柔根穿石，生机无穷，谁与攀比，佛缘精神。一草一木，一山一水，满目红叶，危石高耸。龙山现佛光，石窟通禅境。禅光千古，以耀百姓，安居乐业，至真至诚。三株古柏立窟前，神韵造化玉亭亭[④]。天佑之福地，气贯若长虹。

单室洞窟三间开，石雕仿木已唯珍[5]。南北甬道，佛像千寻，东西对称，栩栩如生。释迦牟尼结跏趺坐于牙床之上，神态自若，作说法印；虔诚众徒凝神气听于佛祖之前，自然宁静，形象逼真。仰空以浩叹，殷切以服诚。佛祖涅槃重生，侧身于棺床之上；弟子号啕捶胸，痛哭于悲情之中。大力士神力托棺床，两女童带来如意云。佛面安然恬静，众徒痛不欲生，连环演绎释迦生平，生动再现佛门修行。中央佛坛[6]，彩妆佛尊，燃灯弥勒，相向而拱。巧匠留胜迹，妖魔毁人文。普贤文殊，残缺头像，文物毁坏，令人痛心。千手观音，法力无穷，十方佛像，足踏祥云。面相丰腴，无一雷同，神态各异，和谐一统。药师持钵，施疗病印，宽厚仁慈以救世，和蔼可亲以待人。飞天造像，驭风而行，七级浮屠，流传至今。菩提树下悟道，面壁崖前悔过。五百罗汉，一百徒众，场面宏大，气势恢宏。年久风化，漫漶不清，及时抢修，千秋之功。著书立说，文脉延续，造像题记[7]，承载本宗。艺术之宝库，神工之馈赠，精神之载体，龙族之珍存。巧夺天工，千古绝伦，见证宗教之兴衰，展现文化之纯青。

人生百载，且行且惜，大智大慧，超越凡尘。药王洞中孙思邈，百药沟中采药人[8]。山高千仞，万安禅定，祖师庙中供禅宗，菩提达摩与慧能。积善行德，乐于助人，石窟修成以坐化，祈福人间留真身。门前两棵树，寓意儿女全，真人留白骨，有求必有应[9]。抱来天上麒麟子，送与人间积善家。玄坛真君，财神公明，招财利市，招宝纳珍。纵横商海，当学比干和范蠡；为人处世，且记厚道和诚信。神水泉，玉液以治百病；龙王庙，勤劳五谷丰登。盛迹非一隅，群芳惠亿人。

移步沟渠，茂密森林，轮回之谷，寓意极深。世间万物循环往复，周而复始不息而生。永恒运转，千古一成。十二生肖诠释轮回大义，万千生灵演绎相克相生。儒、释、道，三大基石；天、地、人，和谐共存。三家立世共生共荣，儒家倡导中庸之道，佛家诠释生命轮回，道家宣扬阴阳平衡。净心石前悟道，洗涤尘心求经，心静生慧，正果修成。一枝独秀柏，一禅尽释尽。深奥莫测，义理无穷，处处留心皆学问，时时积累以持恒。生态桥是君子之道，阴阳鱼是文化之魂[10]。身处浮躁，物欲横流；游历自然，返璞归真。

一窟佛像尽峥嵘，一院风情表禅心，藏匿深山有胜景，蕴含人文揽深情。寒来暑往，日落月升，静看流水，动听佛经。观一隅之奇葩，解一方之水土，承千古之文化，摛拙文以达情。是为赋！

注释：

①万安禅院，位于延安市黄陵县双龙镇峪村，又名千佛洞。

②万安禅院庙门上有一副对联：山识玄机，紫柏苍松明佛性；门藏妙道，来云去雾证禅心。这是一副藏头联，同时也是一副明禅联。意思是说万安禅院很有灵性，处处暗藏着禅机妙道。

③在登山半坡有一块巨石，被树根撑开为几块，上面的树昂然挺拔，生机勃勃。

④窟口的石台阶缝内长出三株古柏，好像插在庙门前的三株高香，被称为“三香柏”。在陕北地区有一种说法：抽签要到白云山，烧香要到千佛洞。

⑤万安禅院石窟为单室窟，由甬道、佛坛、四壁三部分组成，洞口三开间为石雕仿沐构窟檐，是陕西省石窟中唯一一处保存完好的仿木结构窟檐，是研究宋代建筑的珍贵实物资料。

⑥中央佛坛共雕有造像十一尊，均为彩妆，主尊为竖三世佛，代表过去、现在和未来，释迦佛居中，燃灯佛和弥勒佛相向而坐，释迦佛两边为他的两个贴身弟子——阿南和迦叶。南北两侧还有普贤菩萨和文殊菩萨，其佛像头部残缺。

⑦石窟内有宋哲宗绍圣三年和元符二年的造像题记，并

有政和五年题诗一首："四合山行如抱曲，老僧凿洞苍岩腹，勤劳不辍二十年，佛像才成莹赛玉。"

⑧相传孙思邈经常到这里的百药沟采药，为黎民百姓治病，孙思邈医术高明，药到病除，在当地留下很多佳话。后来，当地老百姓把孙思邈当神医来供奉，就在这里开凿了石窟，供奉孙思邈的塑像。

⑨娘娘庙里供奉的是一个真身塑像。北宋年间，当时修建石窟的时候，当地有一位虔诚的女施主，她自愿给工人们做饭、洗衣，石窟修成后，她在这里坐化，当地百姓把她的真身塑成送子娘娘，供奉在这里，香火不断。"文革"时，红卫兵破四旧，把她的塑像砸烂，发现里边有真人骨头，后来，当地老百姓又给她恢复了塑像。门前两棵树，很是奇特，寓意儿女双全。

⑩这座生态桥是连接两个山体的中间通道，称为中庸之道，中庸之道又称为君子之道；小广场中间的阴阳鱼，是道家的标志符号，世间万物都是由一阴一阳构成，一阴一阳，阴阳平衡，轮回运转，循环往复，周而复始，生生不息。

无量山赋

凤舞龙城，岗深雾重，江山壮气，天罩福生。无量胜境[1]，香丽景色落于地；人恋红尘，青山绿水去无踪。十月层林尽染，满目云烟成梦，黄花川里峰竞秀，濊水河畔草木深。山水争妍，诗画黄龙，脉脉含情，康养人文。岚烟入画，云阁青冥，装扮大地千般景；绿色慢城，醉美黄龙，从此愿做扇中人。斯地昌盛，此山灵韵，氧生天堂，林海云封。三千年古邑，数百里膏壤，群鹤绕山旋飞，无量更名奇雄。既得一座山，忘却一世尘。

土色皆黄，起伏如龙，深山老林，物华古韵。集造化之灵秀，得天地之垂青。云雾流动，仿佛巨龙摇曳；江山丽水，堪比南国奇峰。养心湖畔散步，怡心湖水怡情。静听泉音，万颗鹅卵铺曲径；青龙吐水，数朵莲花映池中。踏破青毡可惜，多行数步何妨，入门山景皆醉，芳香氤氲袭人。倚塔高涨，日月皆映，佛音悬天，静心洗尘。金山流火，秋日枫红，放眼望去，别墅成群。山脉无限，日光新晴，凌霜秋色，锦羽生风。千树落叶，满红如雨，撩动心弦，醉美伊人。云舒云卷，宛若银丝飘动；朝阳倾洒，犹如仙气朦胧。静观圣地，时吟时咏，万种俗念，一扫而空。

斗拱绕梁，彩绘鎏金，感天地之慷慨灵佑，谢万民之大智大勇。人文自然深度融合，生态文明高度一统。灵兽坐落檐顶，长廊若卧龙盘旋；鸦鹊筑巢阁中，高亭如飞鹤凌空。承华夏之龙脉，彰九州之钟灵，工匠精神，浑然天成。一幅幅山水画，妙笔生花；一樽樽题刻碑，长书人文。龙湖荡波，高山岳云，水流花啸，斗艳争春。花动一春色，融龙族之豪气；雨添亿民忧愁，贯炎黄之柔情。漫步林间，颐养年华，穿行阁中，身临九重。山峡飞布，千里岳奔，夏日荷花，山空无人。碧波翠嶂，流不尽云峰水；云泉山奇，道不完惊魂吟。松鹤延年，万里峰雄，有黄山云海之态，有菊香四溢之踪。古道山秋，满树花椒烂漫红；如火之色，气势如虹怎冠名。山峦层层叠叠，素练如幻如真。山野雪鹤，松柏伫立漫天雪；红梅吐艳，暖色红香一地情。信步之际，妙趣横生，心旷神怡，千般安宁。百态皆展长廊，万象尽收眼中。登高阁楼，与蓝天比肩，心接自然，和白云相拥。

彩绘屏山，壁画雄浑，佛禅至理，深奥无穷。运自然之妙有，融宗教以铸成。下接景区，上至莲云，心生敬畏，万般灵性。松鹤迎客，古木森森，登阶千百，寺出云中。居高临险，动魄惊心，赫赫及顶，巍巍高耸。宝殿巍峨，松柏祥云圣地；天香缥缈，如来菩萨莲坐。寺院有尘清风扫，山门无锁白云封。仙山灵气，雾染霞云，梦接神缘，大业以兴。女尼夜宿莲云寺，神迹称帝现真龙，五松伴柏，象巨伞凌空；女主登基，统名相贤臣[②]。余至大殿，焚香点灯，虔诚朝拜，许愿寄情。钟声袅袅，神灯冥冥，文殊菩萨，智慧之星。历来多憾事，至今求功名，拳拳丹心皆向望，细细枯笔摛拙文。吟哦古迹，神飞苍穹，效仿先贤，慎思笃行。跻身文圈，贵人指引，胸无大志，但求留真。心中块垒，皆倾吐云海；浩思千般，全付诸长空。嗟夫，漫漫求索路，何时遇知音？浩浩江河水，不见玉液情。

注释：

①无量山古名“仙鹤山”，以群鹤绕山旋飞而得名，明嘉靖三年，山上建立了无量祖师庙，故而更名“无量山”。

②相传武则天称帝前，因梦索骥，率群臣至古梁山莲云寺，见祥云似莲花笼罩其上，遂大喜，夜宿寺中，苦思振兴大唐之策，脱口而出：“吾欲兴邦，何人可佐？”话音刚落，

门外高呼："吾皇万岁，我等愿佐。"武则天抬眼望去，只见进来五人，乃娄师德、狄仁杰、张柬之、姚崇、宋璟。五人一起拜倒在武则天面前，武则天大喜，连忙扶起五人说："吾有尔等股肱之臣相佐，何愁我大唐不兴。"随即命人在寺院中栽种五棵松树，自己又亲自栽下柏树一株，"以树立誓，望汝等似五松拱单柏，共扶我大唐社稷。"时至今日，远望莲云寺云雾缭绕，宛如仙境，五松抱柏，雄奇壮观。

黄龙山赋

冯翊屏障①，扼据天险，万山绿潮，纤尘不染。南有大秦岭，北有黄龙山②，梁山跌宕碧连天，黄龙逶迤攀霄汉。土色皆黄，如龙盘衔，山川纵横，地势蜿蜒。岚深雾重，三光不见，虎踞龙藏，奇珍嘉苑。自古梁山多好汉，君住古邑黄龙山。潭清明镜，山高林远，邂逅云海，身临山巅。人间佳绝处，诗画百味园。

黄龙璀璨，水韵江南，迭生八景，涵养奇观。黄龙摇曳，南岭望远。龙山龙韵，龙腾龙翻。高原神迹，三秦独冠，极目望潼关，黄河浪花翻。壶口浪飞，洛涛拍岸，游龙驰骋，山水竞妍。侧身掬沙石，涟漪如鳞片，低头不溢池，脚踩云门悬。罗谷丹霞，云门素练。红罗有驿站，长城存悲冤，千夫葬身处，万马报平安。长虹落日，云雨奇幻，紫金溢彩，尧天眷恋。山雨前夕云雾腾，千仞深处浪争喧。高峡瀑布，鸟鸣春涧，轻纱飘逸，绕岭缭山。如诗如画比肩长卷，恋山恋水堪若云天。松山晚翠，岳中奇观。石磴坐客，古刹听禅，玉流千涧，水喧一泉。苍苍松柏掩黛山，夕阳归落云海间。山岳钟秀，石楼擎天，万山之中巍巍然，千百年来旷世传。日月兴替，沧海桑田，民俗易改新面孔，奇观亦是旧容颜。仙洞桃花，涺水奔涛，芙蓉生香，嫩芽成苑。三仙对弈烂柯山，香火萦绕灵泉院。自然石窟洞洞，青松苍柏株株，柏子松球累累，千年巨石斑斑。飞湘浦雨，千夫赞叹，入卷黄河，万里归渊。点缀黄龙古邑，引来墨客留言；笑傲三秦大地，惹人流连忘返。

名山蕴古迹，绝类亦昭然。山以景扬名，景名人皆探。仰韶文明，尧科遗址昭昭；熠熠生辉，旧陶陈俑斑斑。杨家圪山化石出，木瓜寨中残玉环。佐证人类之演化，见证历史之变迁。原始穴居半截沟，澄合战役壶梯山。山关随地易名，建制逾越千年。黄帝大战蚩尤，应龙无力回天。蛰居山泽，于此长眠[③]。白起伐魏，安营扎寨，将军庙宇，后人观瞻[④]。九郎庙中救儿郎，蛟龙寺里进沉香。千年古殿，遗世珍传，怪象频繁，神话粲粲。杨班守崾崄，县城分周边。为民除祸患，穷搜山谷间，王公守帅神道岭，刑清讼简辨恩怨。古道麻线岭，墓群白马滩。寿峰亦有幽冥阁，五音楼世间罕见。

千手佛寺，旋子彩绘，中轴对称，地方天圆。贝坡址西坡址，处处陶器成堆；南池寺北池寺，寺寺恢宏耀天。胡同梁石器琳琅，件件皆精品；盘龙寺地势平缓，遗迹尚珍全。清代村落数百座，峭壁棺木风化岩，石刻墨迹，在目可见。赏文物之斑驳，思岁月之维艰；观遗址之别趣，忆历史之陈变。

县域徐风清，山谷氧气足，盈盈湛蓝天，锦簇又花团。地虽偏远，度假之胜地；城虽一隅，养生之桃源。得山脉之宠幸，有奇峰之回环。高冠迤逦，群景珠连，黄沙扬尘不再有，云雾雨霁胜江南。一山抱一县，一县居万人，红尘八百里，独有一片天。

注释：

①黄龙山古称梁山，《汉书·地理志》载："夏阳，故少梁"，素有"冯翊屏障"之称，是中华民族的发祥地之一。

②《陕西省通志》对黄龙山的解释是："山高五里许，绵延数十里，盘衍如龙，土色皆黄。或云：山，常有黄云罩其上，仿佛如龙摇曳，故名。"由此可知，黄龙山是由古代梁山山脉的黄崖山演变而来的。黄龙县名依山得名，来源于此。传说大禹治水曾"导河积石，至于龙门"。龙门以东称吕梁山，以西称梁山，属横山山系，自靖边县西分一支，向东南延伸来，经延水和洛水之间由延安入宜川县境，其山系共分

三千九支。

③黄帝大战蚩尤时，双方都使各种神奇的动物帮忙，黄帝的部下应龙擅长“蓄水”，应龙在大战中立下汗马功劳。由于战争消耗量过大，再也无力振翅飞回天庭，就悄然蛰居山泽之中。许多年后，应龙复出，帮助大禹治水，探水脉，开江河。治水成功后又回到这里，化作连绵不绝的群山，永远长眠于此，人们为了纪念它，将这里的山称为黄龙山。

④秦代大将白起伐魏曾在九泉山驻军，后来白起死，秦人怜之，乡邑皆祭祀，遂当地建立起庙宇纪念。

穆柯寨赋

自古梁山，群芳览胜，古寨星罗，穆柯横亘。常吮朝露，沐浴清风，风光以点新晴，旧址以记人文。历过往之烟云，享盛世之安宁，居巾帼之雅地，承千载之灵韵。

流水环绕，劲谱梵音，步道绵延，吞贯若虹。或倚山而修，或凌水而架，怀山抱岭，犹若苍龙。信步其上，沐风赏景，放眼望去，暗心涌动。野渡无一人，戏水鸭一只，孤苦伶仃，人兽相同。满山栽遍核桃树，苍柏雄浑尽枯荣。如柱如立，规模成林，得天地之宠幸，具涵养之神功。

壁画映辉，幅幅各形，沧桑历史，熠熠生情。宗保来讨降龙木，桂英一见顿倾心，戏弄刁难，爱与争锋[①]。缘起于金戈，情定于黄昏，终成伉俪，夫战妇从。宋辽征战，汴水蒙羞，巾帼挂帅，舞动长缨。收拾旧山河，大破天门阵，弯弓射辽军，箭气穿云行。一幅丹青纹理在，不见画上画中人，风烟已是梦，千古巾帼情。

中庭流水，四鼓齐鸣，时时让人沉醉，处处波涛汹涌。青砖陈铺，犹如铁券丹书，醒目黄龙穆柯寨；劲笔有力，能让青史跃然，碑刻来历书雄文。深山古韵，黄龙福地，山腰透水泉，崖层玉液涌。如玉龙倾吐，如水蛇出洞。源远流长，碧波澄清，银河九尺，一壑争荣。山河几度红尘，人间几许痴梦。全付水长流，无影又无踪。桂英雕像，奕奕有神，立马回枪英姿爽，驰骋战场破敌阵。基座遍雕图，遥遥此山中。百鸟争喧，青龙飞腾，有小桥流水，现树绿梅红。一幅雕刻画，疑似是仙境。

石级步道，彩灯迎客，蜿蜒盘旋，直达山顶。连心情侣，携手踱步以赏晨曦；独自采风，冒雨出行以察风情。小亭遥望，歇息后行，下通地脉，上及景云。亭内棋盘，一决方雄，排兵布阵演绎于尺幅之间，鏖兵争锋进行于棋局之中。黄龙城区，一入眼帘，河水失涛，高楼如林。攀登而上，云雾重重，尺寸千野，万象朦胧。神影绰约，彩灯冥冥，心与巾帼对话，身附英雄豪情。多少真实，几帧传说，留下千古绝唱，横生轶事奇闻。

青山染黛，惊半泓而飞天；思接千载，衔百木以枯荣。历史一幕幕，铁券一帧帧。狂风呼啸，惊雷阵阵，烟锁京城，强敌犯境。金戈铁马狼烟动，装点巾帼护国情。战鼓催，硝烟凌，敌兵怯，神鬼惊，五十先锋唯穆氏，万军阵中一扫空。杨家女将尽群芳，碧血卫国洒青春。沙场木兰笑，泪崖逝桂英，大宋男儿真可叹，沙场血祭女儿红。狼关无情，女杰捐躯，苍天泪落，石头珠盈②。一代巾帼，一缕香魂，梨花为之衰落，桃红为之伤心。乡关不缺京城水，只盼英魂故里归，满城白绫忆过往，盏盏银烛照痴梦。江山易主，神州层出女豪杰；浩史峥嵘，八荒痛失真英雄。

注释：

①嫁给杨宗保之前，穆桂英原在穆柯寨占山为王。杨宗宝为得宝物降龙木前去穆柯寨，与代父从军的穆桂英狭路相逢，穆桂英对杨宗保是一见倾心，她斗智斗勇，故意百般刁难，使得宗保大伤脑筋，但是几个回合下来机智勇敢，纯真善良、敢爱敢恨的穆桂英渐渐地走进杨宗保的内心，两人经历千辛万苦终于成亲了。

②古浪峡亦称虎狼峡，相传杨家将征西有穆桂英等十二位女将在此殉国，佘太君在此追悼亡灵，悲恸而哭，声振山岳，感动山神。巾帼殉国的壮举感天动地，石崖为之落泪哭泣，故跌石崖又叫滴泪崖。

石门雄关赋

洛河第一关，甘泉一胜景。青峰生紫气，嵬岩纳幽鸣。三面环水，青岚入云，石门雄关[①]，崇山峻岭。

以太行为屏，以洛水为襟，石门如刀削斧劈，两山若华岳危耸。山势巍峨险要，山野荆棘遍布，若巨龙之盘旋，似猛虎之腾空。巨浪东下，波涛奔涌，军事要塞，扼提关陇。宋元更名石门城，嘉靖改制藩延堡，有一夫当关之势，存万夫莫开之勇。天然屏障，易守难攻，延庆二州往来之捷径，戎羌万兵出入之要冲[②]。

唐宋争胜地，天险古今名。天地乾坤，雄开石门，宇宙洪荒，九州属分。古城依山而建，石洞沿崖而成。鬼斧神工，以撼世人。集日月之精华，得造化之垂青，品人世之百态，阅江山之秀棱。一字排开，横锁青云，怀抱峰林，曲折幽深。

猿鹤常出没，深沟藏古韵。青山染黛，如浴清波，朝吮玉露，丽日新晴。闲来放空，拾步漫行，有厚氧而净心肺，因清风而开胸襟。驻足聚神以读大山，仰天凝视以望风云。智者乐水，仁者乐山，水善利万物而不争，山涵养千木而含蓄。虽无丝竹林立，却有山水清音；虽无狐朋成群，却有挚友一人。勉励求学，不问出身，坦诚相待，手足情深。

马超筑青州，杨广镇石门。石阶山顶，万马行军之通道；古堡盘踞，屯兵安营之行宫。青州城、马超洞、古寨堡，互为掎角，遥相呼应；指挥洞、观察洞、屯粮洞，上下分层，甬道相通。遥看雄关在眼前，历史风云如潮涌。山因人而留名，人因山而留声。一代枭雄，鹊起西州而震关中；骠骑将军，六战渭水而立首功。石门几度英雄气，留下无数刀光剑影；雄关数缕幽森来，埋葬多少白骨英魂。岁月冲刷，洗不掉斑斑血迹；战火遗营，终换得悲雁声声。江山易主，尘世兴亡，沧桑历尽，遍布枯荣。

石门雄关下，牡丹花正浓。群芳百亩，争奇斗艳，白里透红，释意尽兴。百卉生香，岚气与霞光相映；玉液吐雾，水声与鸟语共鸣。万丈崖壁，且听回音，犹如弹琴，急若行军。惹池鱼停顿，引水草伏听。千年银杏树，百代古寺灵。挺拔苍劲，枝叶茂盛，洗净铅华，沐浴春风。殿宇宏伟，丛林森森，宋元增修，唐时遗种。牵情回眸历史，有思笔寄锦文。闪闪光辉，跃跃朦胧。古迹未湮，但看山河依旧；丰碑可鉴，方喜精神长存。

注释：

①石门雄关位于甘泉县北沟川与洛河川交汇处，由青州城、马超洞、古寨堡三部分组成。周围山势险要，连绵不断。东西两山陡如刀削，耸立如门，故曰“石门”。

②《陕西通志》载，石门雄关，古代为延庆二州往来之捷径，戎羌出入之路，明套虏出没之地，与甘泉野猪岭、延川禅梯岭均属古代战略要塞，有“洛河第一关”之称。石门古城又名“青洲城”，宋元时更名为“石门城”，明代嘉靖年间又改名为“藩延堡”。

文安驿古镇赋

三秦古道，六郡塞关，皇天厚土，古镇文安。石鼓守门，赫赫昭然，巨龙图腾，寓意非凡。四面有山皆入画，一年无时不锦繁。文安胜景，梦萦魂牵。天高日月悬，地厚载河山。紫气东来，地生一隅钟灵；祥光北拱，天佑万民平安。青砖无题，古槐有思，倚天地而惠九州，走四方而继宏愿。兴邦安文，古道流芳，苍山无语诉千古文安驿，绿水为琴奏近代玉音弦。

一泓玉液，倒映古建，千顷高原，佑护宁陕。骏马追风，车行千里，小窗矮檐车马店，古楼浮烟正危盘。土能生万物，地可发千祥，石门悬铁券，句句皆箴言。房檐悬挂红灯笼，庭院陈设小假山。流水飞溅，烈日撑伞，小憩小饮，不惹俗念。巨石卧草坪，铁锁把门环。旅游淡季无人问，避暑盛夏又摩肩。古镇锦绣，人杰地灵，和风日丽华夏沐，祥云瑞吉神州遍。为人以德，待人以谦，墙面醒目朱子家训，古镇传家精辟格言。读书授子孙，思孝家国安，慈善必有因和果，仁义定会结善缘。

德为世重，寿以人尊，经商需讲诚信，供事无愧心安。官方商窑，文安商馆，满一方之供需，成新世之空院。梨花带雨，往事一环环；流水哀伤，古址冷淡淡。风铃难掩夜来空，而今不留玉玲环。千孔土窑洞，千年古驿站。烽火台，一缕狼烟报警，惊起文安动荡；魁星楼，一颗明珠璀璨，衬托古镇安然。西魏春秋，乱世鏖战，谁与争锋？壮阔波澜。宇文泰割据关陇，孝武帝元修西奔。嗟于乎，江山易主；叹昭然，夕阳唱晚。山河出奇，日月兴替，才子浪人，瑰文雄篇。石碑刻奇文，石柱镌妙联，诗碑亦焕彩，银钩绘长卷。

陈列老物件，蹉跎多俊彦。瞻仰知青墙[①]，走近细细览。盛世常青树，百年不老松，潺潺玉液流，江山起波澜。四海翻腾云水怒，五洲震荡风雷激。天广地阔，将意志磨炼；上山下乡，把岁月沉淀。千名知青记忆，铁肩担道义，一部路遥人生，含辛低艰难。栉风沐雨，奏响青春曲；怀朴抱真，彰显赤子心。艰苦寻乐趣，倍感友情深；坦然对严峻，且知松柏坚。轮椅作家史铁生，赤脚医生孙立哲；弦断犹抚安魂曲，椽笔长记丹青卷。凝魂聚力，汇流成渊。《扶轮问路》，

《我与地坛》，难忘文安驿，遥远清平湾。文可医心，药可安身。土窑洞中做手术，医学史上立奇传。一桩桩往事，振奋人心；一部部巨著，皆成典范。风高万古，雨落高原，赋情思半百，生萦怀千般。

秉承历史人文，宏开机遇画卷。创新发展，革故更弦。沐浴新风，兴建楼观，恢复高院，修葺示范。乘风欲破浪，远航又扬帆，扶摇而直上，快马以加鞭。位于旅游走廊，高速临近；坐落两省接壤，人往人穿[②]。能居古镇文安驿，不慕闹市不羡仙。梁家河小区，搬迁质朴乡民；文安驿附中，新来博学青年。

清华于此设分校，桃李灼灼群星璨[③]。厚德载物，学子志存高远；组团支教，园丁愿作春蚕。书声琅琅古镇生香，教风翩翩山花烂漫。建校二载，气象万千，身在古驿，享誉延安。地灵纳人杰，育桃谱新篇。愿明日之古镇，大业方兴；祈千载之要塞，风光无限。

注释

①知青墙：记载了延川下乡的一千四百多名知青人员，按公社展示在知青墙上。名列其中的就有习近平总书记，以及知青作家史铁生，赤脚医生孙立哲，学者丁爱迪、蔡玉珠。

②文安驿古镇紧邻210国道，外连延（延安）延（延水

关）高速，是太原—西安—内蒙古旅游走廊上的一个重要节点。

③2017年在文安驿古镇创建清华大学附属中学文安驿学校。

第三篇章：红色遗址，圣地风俗

红旗颂

一面红旗，五颗金星，鲜血染绘，国家象征。

旌旌红旗，暗藏百年之辛酸嬗变；灼灼虹光，难掩近代之痛击伤痕。风起云涌，电闪雷鸣，蛮夷残暴，列强入侵。三千年未有之大变局，五千载罕见之大欺凌。社会动荡，寰宇黑暗，切肤之痛，剜心之疼。罂粟鸦片腐蚀人心，坚船利炮对准国门。压榨欺辱之惨，屠族烧杀之愤，割地赔款之怒，亡国灭种之恨。东方巨龙被虾戏，天朝迷梦骤惊醒。羸弱被辱，保守遭欺，白骨残垣，国殇噩梦。黄海湾里，横尸漂浮，圆明园中，烈火俱焚。五洲贪蛇，虎视眈眈，八国联军，野心勃勃。几经嬗变，欲欲加重，悲剧一次次重演，亡国一回回逼近。辛丑条约，彻底沦落，泱泱上朝，一蹶不振。有识之士，应时变法，妖魔鬼怪，伺机而动。宣武门外仰天长笑戊戌六君子，大清宫里伏地蝼蚁无数尽昏人。保皇难以长久，专制势必告终。

猎猎红旗，是鲜血染红，浸满多少英雄泪；粲粲五星，为革命精神，凝聚无数烈士魂。七七日，日寇猛攻卢沟桥；九一八，弹丸强侵东三省。众将士力挽狂澜，血肉守疆；少英贤鏖战抵抗，尸骨护城。三民主义擎理论之旗，五四运动开思想启蒙。枕戈待旦，志愿从军，拳拳心切，弃笔从戎。南昌起义，举枪柄以行大义；湘赣秋收，纳农民而练精兵。赤旗飘扬革命圣地，星火指引斗争联盟。抗争之激烈，前辈之艰辛，战火之殊惨，卫国之心诚。仰曩英才，立下赫赫功勋；敬起万民，组成赳赳雄兵。东方太阳，霞蔚云蒸，凤凰涅槃，浴火重生。

冉冉红旗，点燃颗颗爱国心；熠熠生辉，流露代代英烈情。保家卫国，战斗英雄黄继光；抗美援朝，少年烈士邱少云。边疆站岗，铁血卫士，南海驻岛，解放官兵。一生心系国运，当学先驱事迹；一路助人为乐，秉承雷锋精神。奉献兰考，首推焦裕禄；情系高原，当属孔繁森。面对中国无油论，石油铁人王进喜，挺身而出；困扰国家军工弱，两弹一星邓稼先，临危受命。历经万难，钱学森五年回国路；一心学术，陈景润十载迫害中。纵横商海，亚洲首富李嘉诚；躬身农田，水稻增产袁隆平。大国安全，由科技掌握；世界地位，凭实力决定。太空出现东方红，大漠升起蘑菇云，亿民赞叹，海外震惊。港澳回归，升降国旗分秒必争；“一国两制”，法里法外尽显人文。吹改革之新风，彰出彩之功勋。滴滴事迹泪人眼，卓卓成就撼人心。足以感动中国，绝对超越明星。特等功名藏箱底，九旬老兵张富清；航天重器上苍穹，两弹一星孙家栋。诺奖得主屠呦呦，解决世界难题；全国劳模申纪兰，推动同工同酬。谦逊睿智南仁东，中国天眼总负责；淡泊名利叶嘉莹，近代诗词第一人。荟萃人文，一脉长同，科教兴国，源远流淙。读圣哲宏论，学时代巨人。心里定方向，胸中生鸿梦，赤旗更飘扬，家国共繁荣。

飘飘红旗，见证大国崛起；烨烨华文，书尽双百美梦。翻天覆地，十九征鸿，时代复兴，牢记使命。跻身世林而起航，位列强国而不惊。人民公仆，矢志群伦，大施勤政于天下，入村进户以惠农。经济腾飞，欣欣向荣，宇内强音，世纪钟声。天堑通衢，铁龙飞虹，大厦擎天，高楼如林。航母以震覃洋，飞船以升太空。国庆阅兵，主席乘坐国产红旗；广场演练，四周飘扬万多红旌。礼炮轰鸣，响步惊魂，喝彩若雷，气势如虹。七十华诞，历古稀之岁月；四十改革，为不惑之年龄。盛世中华，强于九鼎，更唱新声，基业长青。五十六个民族共享改革之成果，十四亿多人民齐奏锦绣之弦音。“一带一路”，多邦双赢，互问互访，存异求同。世博展五洲之风采，论坛聚中外之精英。世界同呼吸，全球共命运。

灿灿红旗，硝烟无声，身披霞曙，沐浴寒风。战争时刻进行，危机从未消停。岁月静好，英雄负重前行；危难来临，国家甘当护盾。一幕幕戳人泪眼；一桩桩爱民心诚。一帧盛世图，一面红旗飘，此生无悔入华夏，引以为傲中华龙。

梁家河赋

七沟八梁，凤凰涅槃，大山小村，学问深远。赫赫九州，气象万千，渺渺寰宇，精神家园。从前无名冷清，而今声鹊新颜。理论新，旌旗高展；人潮涌，学习参观。重走劳动山路，踏访知青足迹。梁家河里，忆艰辛岁月；陕北高原，历沧海桑田。

弱冠赴村野，扎根在乡间。与荒山为邻，与黄土做伴。跨山头，耕田畔，夜以继日，大抓生产；住窑洞，求知切，煤油点灯，夜读长卷。被褥补丁重叠，家具落后寒酸。粗粮菜团，简简单单救命粮；玉米窝头，地地道道农家饭。克服四关[①]，青春磨炼。红肿肩头，挑起运动大梁；手布水泡，时刻争优创先。抡石硪[②]，打坝筑堤；打连枷，喜笑开颜。开挖沼气池，月升日落汗涟漪；创建铁业社，春种秋收撅垄坎。

风沙无情，少年志坚，扎实苦干，斗地战天。寒来暑往淬身心，七载春秋勿抱怨。披蓑雨里走，溽热洞中眠。云卷云舒昼夜替，三伏三九时光转。任是电闪雷鸣，处之泰然；时有疾风暴雨，视为等闲。偶被蚊虫叮咬，孤枕难眠；终归毫无怨言，有梦相伴。春寒料峭，天气转暖，干在前头，吃苦在先。打井汲水，一心为民，敬业奉献，见识卓远。饮水思源，难忘知青井[③]；睹物思人，不舍知青院。蹉跎岁月，风华难返，光阴荏苒，奋之茫然。红旗飘飘，口号高喊，薪火熊熊，激情燃燃。沉沉黄土，历久弥坚，深深记忆，身教言传。美哉少年，穷且益坚，不坠青云之志；冷静果断，知难而进，眼前困难必攀。不忘初心，信念如磐。牢记使命慷慨以奏时代强音，凌云壮志雄浑纵览百万河山。

山道弯弯，河水涓涓，记忆浓浓，情意绵绵。依依惜别，难舍众乡亲，泪目送远，恩情记心间。四次复信，嘘寒问暖，调研亲临，于民同欢。

时代骄子，人民领袖，根在陕西，魂在延安。旧居窑洞存回忆，书屋之中皆经典。一部知青史，缅怀岁月维艰；一部《梁家河》，句句情感饱满。村史馆，再现激情岁月；老物件，勾起萦怀思念。

注释：

①四大关：一是跳蚤关。在城里，知青们从未见过跳蚤，而在梁家河的夏天，几乎是躺在跳蚤堆里睡觉，一咬一挠，浑身发肿，但两年后就习惯了，无论如何叮咬，照样睡得香甜。二是饮食关。知青们过去吃的都是精米细面，现在是粗糙的杂粮，时间久了就咽得下，吃得香。三是劳动关。刚开始，很多挣六个工分，还没有妇女高，两年后能拿到十个工分，成了种地的好把式。四是思想关。这也是最重要的，他们学到了农民实事求是、吃苦耐劳的精神。同时，乡亲们与知青之间不分彼此，坦诚相待。

②硪：二十世纪六七十年代打坝劳作时用人力砸地基打桩等用的工具。

③知青井：二十世纪七十年代前，梁家河村的饮用水取自河岸边开挖的渗水坑，进入夏秋多雨季节，常被洪水淹没。1973年，习近平同志带领村民打下的这口饮水井，至今仍是村里的饮用水源。

四八烈士陵园赋

金秋十月，野菊飘香，满地落英，芊芊梦藏。暗渡群芳，遍布花黄，笑傲锦苑，悲秋愁肠。暑尽寒来，西风残照而百卉凋落；万物枯荣，江河结冻而鱼虾逃慌。君不见，一团锦绣黄金甲；有谁知，山峰一角诉离殇？

尧天溢彩，海棠清香，鲜花无语，泪断人肠。四八空难，遥想当年泪如泉；雷霆激荡，惊魂千般若飞浪。冒雨回延安，高空非敞亮，大雨滂沱，神州飞扬。中转西安并无恙，再度起飞有异常。天气恶劣，无法迫降，折返西安，迷失航向。误入山西，风雨惊雷未罢手；千钧一发，大雾朦胧犹魔障。不幸飞机落，冰寒瑟体谅。黑茶山上，石头落泪诉悲痛；西北深处，大漠淋雨道惜湟[①]。边区三日悬半旗，停止娱乐一月长。以示哀悼，铭颂史章[②]。

为安忠魂筑陵园，山河飘摇云波荡。胡宗南进攻延安，陵园破坏；国民党狂轰滥炸，擎刀螳螂[③]。白骨难安，青冢跌宕，饱经摧残，历尽沧桑。重建陵园，迁址王家坪；安葬烈士，犹可日月长[④]。山河迷雾，百孔千疮，人心惶惶，岂能安详。“文革”彻底毁坏，灾厄誓与嚣张。人民公墓，立于李家洼；四八烈士，葬于山坡上[⑤]。再度扩建，宏图恢张，英雄遗体，告别飘荡。青峰有幸埋忠骨，延河失涛弦音朗。革命英杰，历史沉甸甸；事迹展馆，回忆一桩桩。石阶级级走幽魂，松柏挺挺若站岗。汉白玉，纪念碑，题文永不朽，碑高示坚强。碑前八台阶，碑后呈四方。镰刀锤头镌碑顶，金色党徽耀春光。镏金五角星，伟人题字扬[⑥]。

缅怀先烈，思绪浩茫，默哀悼念，万古绵长。追忆四八烈士，继承革命精神，接受教育，学习瞻仰。青年于此宣誓，承先辈之忠言；干部于此致敬，弘法治之明彰。忆往昔，为谋解放头可断；终可见，留得清白人间香。磊落胸怀昭日月，冷清头脑战风雷。视死如归，搏风击浪，山河吐气，九州眉扬。

苍山莽莽，延水泱泱，岁月荏苒，盛世富强。抚终追忆，足奔朝阳，四八烈士，千秋尚飨。

注释：

①“四八空难”：1946年4月8日上午，王若飞和秦邦宪的警卫员魏万吉、赵登俊等十七人一行从重庆登机，乘坐美国军用运输机冒雨飞往延安，飞机由美军飞虎队飞行员四人驾驶，专程运送参加国共和谈的中国共产党代表回延安。飞机从重庆起飞，顺利抵达中转站西安，短暂休息和维护后又飞往延安，飞机抵达延安上空时，因天气原因无法降落，决定返回西安时，因大雾误入山西，撞在了晋西北的黑茶山上，飞机上乘员全部遇难。

②中共中央和延安各界组成以毛泽东为首的二十六人治丧委员会，正在召开的边区参议会为此休会一日。通令全边区悬挂半旗三天，停止一切娱乐活动一个月。

③延安四八烈士陵园最初建于东关机场东北角，1947年3月，国民党胡宗南进攻延安，陵园遭到破坏。

④1957年，党中央批准重建延安四八烈士陵园，陵址在王家坪的北侧，安葬四八烈士和延安病逝牺牲的同志。四八陵园成为当时全国三十二个烈士陵园之一。

⑤曾经陵园彻底破坏。1970年，烈士遗体迁到城北的李家洼的一个半山坡上，改称人民公墓，后来，恢复其原名。1992年又开始扩建。

⑥陵园纪念碑高19.46米，寓意1946年，碑身前面有八

级台阶，碑后呈四阶，象征4月8日。陵园最高处的烈士墓台，安葬着王若飞等十三位四八烈士和张浩等十五位延安病逝和牺牲的烈士。

延安革命纪念馆赋

红色甸园，回忆摇篮，地处西北，雄踞延安。接乾坤以通途，育火种而燎原。提携五十六，聚民四万万，烽火笼罩数余载，中共延安十三年。回首华夏，多少风流皆过往；史海钩沉，无数白骨亦昭然。建馆留迹，载记忆之万累；巨大绳结，启萦怀之千般。

宏伟雄建，实属奇观，珍奇遍布，丰存煌然。一号工程，锦秋设计，落落馆名，沫若书寰[①]。馆之雄也，纵横可达数百米；馆之深也，展示模块六单元；馆之亮也，留有照片万余张；馆之丰也，访问资料百余卷。穿越历史隧道，跨越时空界限，展示圣地延安之风起云涌，承载中国革命之壮阔波澜[②]。

对称彩虹桥，形成中轴线；听涛延河水，望影宝塔山。主席雕像，神采奕然，高大肃穆，展望长天。每有民众鹤立以观，深表崇拜；时有党员瞻仰学习，力行实践。前事不忘，后事之师，抚今追昔，回首艰难。一九三七风云起，赫赫将星出韶山，弱冠少年堪大任，铮铮铁骨立豪言。气贯穹宇，解放华胄百年觞；忠怀赤胆，敢叫日月换新颜。敢打必胜，历尽风霜志愈坚；披风斩浪，千锤百炼念如磐。欲扶大厦之倾倒，枪杆子里出政权。心中擎马列，身边有工农，一面旗帜插陕北，万点星火燃川原。拾阶入馆[③]，垂手观瞻，一组群雕，威仪凛然。五大书记，四海俊彦，工农学兵，国际伙伴。同心鱼水，关系密切，中流砥柱，力量源泉。人物风景线，浮雕成画卷。壶口瀑布，气势吞天，自强不息，源源不断；万里长城，横亘绵延，名族脊梁，肩负重担。黄帝陵寝，华夏根源，延安宝塔，红色标签[④]。纪念碑上，陈列往事历历，心潮涌浪；雕像群边，镌刻波纹道道，诚意致缅。巨龙浅潭被虾戏，筚路蓝缕斩荆棘，应时顺天，力挽狂澜。报山河，卫国安，穿激流，渡险滩。血肉铸长城，英魂留塞关。万众聚力，驱除虎豹，战略游击，巧灭狼烟。

六大展馆[⑤]，一一再现，艺术装饰凸主旨，风云变幻跃眼前。声光一体，使用智能高科技；模拟景观，实现前沿新手段。半景图画，场景复原，仿佛身临其境，犹如穿越当年。专题相辅相成，线索历史编年，文字解说清晰，摄影活灵活现。名家打造，政府领建，高校参与，多方支援。一物一景形态各异，栩栩生动跃然再现。转战陕北小青马，如同活物；

走向世界地球仪，令人震撼。抗大旧址，军事摇篮，铜墙铁壁，设计精全。中医诊所，仁者心宣，农家大院，质朴悠然。十里铁铺两三人，供销门店排长队，百姓住在窑洞里，子长坐在炕头边。煤油灯下，领袖读万卷；土墙上面，粉笔书简言。士兵学习，干部钻研，刻苦训练，运动生产。战士衣物，伟人用具，简朴寒酸，旧迹斑斑。大刀长矛，步枪手雷，迎敌寇而接沙尘，救山河而鲜血染。英雄事迹一幕幕，催人泪下；军民一心共斗争，点滴温暖。继往开来，迎送多少日升月落；化蝶破茧，忍受无数艰苦困难。

青山依旧在，世事总变迁。延安精神，光照千秋，铭记革命历史，缅怀时代英贤。勿忘前人初心，薪火长葆；牢记先烈精神，奋发向前。青史垂光，惊地动天。七十年砥砺前行，七十年壮阔波澜，七十年风雨兼程，七十年辉煌巨变。盛世华诞，时代新颜，普天同庆，齐奏高弦。

注释：

①主体建筑由西北设计院张锦秋女士设计，使延安特色和现代元素巧妙结合，成为具有纪念性、标志性、时代性、地域性为一体的一号工程。正门上方由郭沫若题写的“延安革命纪念馆”的金黄色馆名。

②延安革命纪念馆是新中国成立后建成最早的革命纪念

馆之一。历经几次变迁，现位于延安城东北的王家坪。2009年8月28日，延安革命纪念馆新馆落成并全面对外开放，主体建筑与延河上有视觉冲击力的彩虹桥为轴线呈对称布局。馆内现有馆藏文物3.5万多件，历史照片一万余张，图书1.3万余册，调查访问资料百余卷。

③入馆台阶共三组，每组有十级，象征着中国共产党在延安经历了土地革命、抗日战争、解放战争这三个时期。

④进入展馆序馆，映入眼帘的是毛泽东、朱德、刘少奇、周恩来、任弼时五大书记和来自五湖四海的工人、农民、军人、知识分子以及国际友人在一起的主题雕塑。体现了政党、领袖与群众的密切关系，体现了毛泽东思想是全党的指导思想，也体现了自力更生、艰苦奋斗的延安精神是夺取胜利的力量源泉。背景浮雕是在绵延不绝的陕北高原上挺立的延安宝塔和一轮磅礴升起的红日。左上角标有1935—1948的字样，点明了中共中央和毛泽东等老一辈无产阶级革命家在陕北和延安生活战斗了十三个春秋。右侧背景浮雕是奔腾咆哮的黄河壶口瀑布，左侧浮雕是华夏第一陵黄帝陵和万里长城。

⑤展馆分为六大单元对应六大主题，分别是红军长征的落脚点；抗日战争的政治指导中心；新民主主义的模范示范区；延安精神的发祥地；毛泽东指导思想地位的确立；夺取全国胜利的出发点。

延安枣园赋

小小枣园，学问深深，松柏森森，古槐亭亭。树木葱郁，自生自馨，四时嘉景，绿草如茵。一砖一瓦皆是史，一草一木总关情。一方沃土成圣地，百代英贤创奇珍。临风感慨，心潮涌动，沉思革命当年急，今来枣园润红心。金秋览胜，山河今朝太平世；神飞豪吟，默记先烈此日崇。

红都福地，无愧胜景，曲径弯弯，游人匆匆。春来新枝吐绿，万物萌生，犹如革命薪火，烈烈熊熊。夏临花草馥郁，草木森森；忍得风雨惊雷，金乌灼身。秋来大枣丰盈，以赛珠红；犹如血染江山，誓死力争。冬至雪盖园中，还笑东风；难忘革命艰苦，漫长征程。擎旗帜而独红，承风雨而从容。民族精神，凝聚延河畔；希望火种，孕育枣园中。两字惊落小石碑，朱笔苍劲题园名。历百劫而幸存，遍耕耘而织锦。

吐纳幽幽，毓秀钟灵，虬枝呈翠，粗干成林。络络人群添其风韵，湛湛蓝天甘作青屏。仰日月而光耀，盖云霞而有幸。蔷薇一株株，枣树一尊尊。枣魂育人魂，园中住伟人；枣性通人性，赤红育杰英。青青枣园中，悠悠东方红。

旌旗猎猎，罡罡东风，革命洪流，烈火熊熊。园中落叶飞，史迹眼前呈。开辟革命根据地，扎根陕北奏强音。经济封锁，政治斗争，枣园灯火驱长夜，万里山河风雷惊。作战室中拟战略，黄土塬上闹革命。小小平房大战役，赫赫精英领雄兵[①]。不畏豺狼震虎豹，终成大胜战旗红。五大书记铜像立，遍地菊花竞相盛。亲切而深邃，宏伟而庄重。风雨欲来时，群英智慧撑。披肝沥胆为人民，赴汤蹈火拜长襟。彻夜开会，主席冒险赴重庆；山河静默，国共两党必争雄。最高原则，革命精神，实践出真知，革命靠群众。礼堂之内尽欢娱，俱乐部里皆温情[②]。祝寿亲民[③]，拜年同乐[④]。纺线比赛，促进大生产；集体高歌，唱出东方红。仲文设计幸福渠[⑤]，旱地变成水浇地，军民同心，鱼水之情。雨润国槐，旖旎随风动；风拂丁香，粗枝也关情。满地金黄银杏叶，革命大业告功成。愿借园中景，以慰异乡人。

窑洞如星落坡前，干戈倒去风雨清。室内皆简朴，床边被褥蓬。今寻遗迹，心潮涌动，历历在目，睹物思人。人民骆驼任弼时，时代先锋革命人[⑥]。出生入死，忠心贤贞，众望所归，肩负重任。生产运动，民生成勤，筹备七大，西北卓功。以拯救民族为担当，以振兴中华为己任。华夏山河披锦绣，楷模先烈永垂功。向北发展，向南防御，开疆为民身先士，高瞻远瞩真英雄。彭总平江起义，万军宁夏西征。朱德百战敌寇历万千风雨，元帅雄风熠熠得后人歌颂。横扫敌寇功垂垂，运筹帷幄誉隆隆。王稼祥长忧四海又难忘九州，张天闻奉献革命而常照忠魂。恩来年少立大志，一生勤勉作公仆。重庆谈判，艰苦斗争，《双十协定》，终成空文。凯歌已飘大江东，不见当日沥血人。一生清贫，两袖清风，海棠盛放，骨骸冰冷。九州同泣泪，亿民皆沙哑，十里长街送，音容笑貌明。

多情岁月，时代余温，圣地今朝花似海，枣园相迎遍霞红。礼赞与讴歌，敬仰与尊崇。青年学子今励志，圣地精神耀长空。

注释：

①中央军委总参作战部枣园作战室：积极搜集日军和国民党情报，分析军事斗争形式，研究战局发展态势，全力为中共中央和中央军委了解全国战况，制定战略部署提供依据，为抗日战争做出重要贡献。

②书记处礼堂：亦称职工俱乐部，于1941年建成，春节

期间，中央领导同志经常在这里接待来拜年的群众秧歌队，大生产运动中，在此举行纺线比赛，抗战胜利时，我军受降和配合苏军作战的七道命令在这里签发。1945年8月25日，中央政治局在此彻夜开会，研究通过了毛泽东赴重庆与蒋介石谈判的决定。

③1943年元宵节前一天，毛泽东外出散步，看见几个老农在地头休息，就走过去和他们交谈，其间，毛泽东得知有两个老乡正月十五过六十生日，遂请他们到枣园贺寿。第二天下午，毛泽东派人请来了十多位六十岁的老人，亲自把他们迎到中央书记处的礼堂，与他们握手，并摆了寿宴贺寿。

④毛泽东等中央领导人在枣园居住其间，每逢春节，都会去老乡家里拜年，也会邀请周围的农民一起过节。

⑤1940年4月29日，由边区建设厅工程师丁仲文设计，群众集资与政府资助修筑的裴庄渠建成，渠长六千米，可灌溉枣园附近五个村庄一千四百亩土地，修成后庄稼连年丰收，给群众带来了幸福的生活，因此，群众称它为“幸福渠”。

⑥任弼时于1938年回国后，参加书记处工作，筹备七大，负责陕甘宁与晋西北的工作。叶剑英称他为“党的骆驼，人民的骆驼”。

杨家岭赋[①]

石碑伫立，伟建擎天，风水宝地，革命摇篮。踞沟壑而隐蔽难寻，襟延河而世纪扬帆。中共延安近十载，主席五年常住于此；敌机轰炸无数次，每每幸运免遭殃难。五家坡谷种菜园，杨家岭上西风卷。百年沧桑，历久弥坚，时代新风，旧址复原。忆往昔峥嵘岁月，瞻革命化蝶破茧。

己亥夏日，余至延安，观看游览，学习调研。红旗飘飘，延水滔滔，好一幅红都胜景，叹一声风光无限。行至杨家岭，注目迷人眼。沟大林深，花香迎面。游人如潮络绎，外巡内观；耄耋如痴如醉，驻足岭园。中央大礼堂，肃穆庄严；过往一幕幕，脑海浮现。风貌依旧，修葺完善，条幅醒目，画像高悬。桌椅板凳陈列规整，一物一具有序井然。同心同德闹革命，星星之火可燎原；标题标语壮士气，赫赫朱笔绘新颜。果敢革命，信念如磐，无畏无惧，钢铁志坚。一张张照片，承载回忆；一幅幅挂件，遥追以前。敬畏之心油然而生，骄傲之意涌动心田。

林木茂密，秀色蔽天，骄阳如火映苍山；侧柏遮阳，绿树挡风，余晖倾洒在瓦间。中央办公厅，造型飞机楼，高空俯瞰，是为罕见[②]。先辈足迹，写遍深园，纵有江山千万里，不忘窑洞数十年。旧居盘桓流连，依山崭凿；陈设简朴粗糙，见证桑田。寒来暑往，指挥光辉战役；历经春秋，留下文章百篇。《五四运动》，激励无数学子，《愚公移山》，歌颂军民生产[③]。句句中肯劲道见真言，篇篇助力革命成经典。吃小米，挖野菜，着粗衣，打补丁。同甘共苦，与民同欢。小平举行婚礼，革命伉俪[④]；朱德庆贺寿辰，齐聚摆宴。草鞋跳出交际舞，兄妹开创新歌剧。小米步枪与寇斗，深沟土窑出英贤。小小石桌，烨烨巨篇。润之会见安娜，否定纸老虎[⑤]；嘉庚访问延安，确信新理念。延安十大姐，鲁艺女青年。参加大生产，支援大前线。妇女运动策源地，从此豪杰半边天。红尘八百里，同胞四万万。

史海沉钩，过往昭然。七大召开，选举革命主心骨；文艺座谈，延安精神树新颜。自力更生，艰苦奋斗，笑傲地头田间，一举攻关克难。轰轰烈烈大生产，轴轮翻转线不闲。煌煌历史撼凡心，日夜激战震高原。百团大战，以壮劲旅军威；百万雄师，重创日寇逃窜。看山野游击，观正面交锋，曙光升腾，胜利在前。

宣讲延安精神，传播红色文化，忆苦思甜，凭吊兴叹。举行文艺汇演，欢乐以亲民；开展消防演练，防患于未然。总理视察，书记调研。运用互联网，创新新理念。祝福祖国，相约延安，红色研旅，花开烂漫。讲好红色故事，做好时代青年。中国梦，一梦天然；新时代，使命在肩。

注释：

①杨家岭革命旧址是中共中央驻地旧址，1938年11月至1943年3月，毛泽东等中央领导和中共中央机关在此居住。

②杨家岭中央办公厅楼于1941年建成，其状如飞机，亦称飞机楼。

③1940年秋，因修建中央大礼堂搬到枣园居住，1942年又搬回杨家岭。1943年，毛泽东等领导人又从这里陆续搬往枣园。毛泽东在此期间，写下了《五四运动》《<共产党人>发刊词》《纪念白求恩》《中国革命和中国共产党》等光辉著作。

④1939年9月初的一个傍晚，毛泽东等人在窑洞前为邓小平和卓琳、孔原和许明举行婚礼聚餐，孔原被战友们灌得酩酊大醉，而邓小平酒量惊人，原来是李富春等巧施机关，以水充酒，使得邓小平免于一醉。

⑤1946年8月，毛泽东在杨家岭窑洞前的小石桌旁，会见了美国记者安娜·路易斯·斯特朗，中共中央宣传部部长陆定一和解放日报社社长余光生担任翻译，针对当时流行的“恐美病”，提出“一切反动派都是纸老虎”的著名论断。他说“从长远的观点看问题，真正强大的力量不是属于反动派，而是属于人民”，这个谈话后来编入《毛泽东选集》，题为《和美国记者安娜·路易斯·斯特朗的谈话》。

王家坪赋

寰宇浩浩，北国茫茫，花开坪上，升起曙光。风波荡，蓦然回首；再重温，步履铿锵。曾绘日月新颜，八年驻守[①]；纵有千金难买，几度春光。依山傍水处，谱写华章；炮弹轰炸时，堪比魔障。灼灼红日，乾坤朗朗，救万民于水火，拯龙族之国殇。

抚今追昔，无限畅想，睹物思人，追溯过往。四万万华夏儿女，半百载齐心兴邦。军委礼堂，高大宽敞，四角翘起，擎天而扬。逢年过节，集体庆贺，欢迎英雄，隆重表彰[②]。大型会议于此召开，慰问演出军民亮相。可纳千人入座，漫含岁月沧桑。总部机关，革命心脏，核心枢纽，框架固梁。多少道命令，由此发出；无数次决策，挽救危亡。军委会议室，马歇尔来访参观；作战研究室，运筹帷幄布规章。昼起风云，雷霆激荡，夜来灯火，战略酝酿。一天星斗迎挑战，满城军民搏风浪。政治部中，润之会客，苦口婆心陈利弊，明辨悬殊存力量。江山大局，岂在一城一池之得失；智者千虑，独有挽救危难之眼光。山沟沟里周旋，山梁梁上游击，集中优势各个击破，规避锋芒转战他乡。蘑菇战术③，当属首创。延安易主时达一年，卷土重来百姓激昂。毛公之预见，如约实现；百姓之盼望，春风荡漾。王家坪上，胡宗南轮番轰炸；防空洞里，毛主席静听声响。风吹芦花，延水翻浪，革命号角，深山嘹亮。

桃林公园，幽幽芳香，露天舞场，民歌飞翔。文艺汇演鼓舞士气，秦腔歌曲百花绽放。声醉天穹灵鸟，驻足聆听；韵融延水流淌，赓续继往。黄土广塬，孕育质朴豪放；山色苍茫，催生小院风光。朱德旧居，别具新样，土坡小径，简朴气象。一座小桥显悠然，三孔窑洞出真章。开辟一方菜园，与军民之自力更生；亲植两棵柳树，思左公之收复新疆。以景言志，聊表愿望，中央三件宝，炉膛炼纯钢④。

傍晚时节，走出革命遗址；漫步昂首，走进古玩市场。两排门店，布局规整，林林总总，品种多样。古玉紫砂，老延安之记忆；别具一格，制陶厂之技样。抚摸之，凝视之，垂怜之，把玩之，不解造型寓意，不知故事秘藏。滞留多时，身感凉意，凝清凉之古气，泛斑驳之微光。岁月峥嵘，被时代冷落；地处偏僻，少客商来往。满目萧条，艰难运营，危机四伏，机遇并贶。

夕阳西下，华灯初上，漫步延河边，静听水流淌。瞻仰红色遗址，本是激情昂扬；谁知万家灯火，满目尽是思乡。

注释：

①党中央进驻延安后，军委和总部机关在王家坪领导根据地军民坚持了十四年抗战。日寇投降后，又粉碎了国民党反动派的全面进攻。1947年3月18日，毛泽东、周恩来率部由这里撤离，转战陕北。

②1943年12月，为了交流大生产运动的经验，八路军总部在军委礼堂举行了欢迎劳动英雄大会。1945年8月15日，部队在这里举行了纪念抗日战争胜利大会。

③蘑菇战术：就是牵着敌人的鼻子在山沟里团团转，把敌人肥的拖瘦，瘦的拖垮，拖得精疲力竭，然后再集中优势兵力，各个予以歼灭。

④朱德经常给部队机关做时事报告和讲话。在基本给抗大学员讲话中他说：现在党中央发给你们每人三件宝，第一件是老镢头，第二件是枪杆子，第三件是笔杆子。他还勉励大家说：温室里长大的花草经不起风霜吹打。不进火热的炉膛就炼不出顶好纯钢。

信天游赋

哥哥你走西口，小妹妹我实在难留，手拉着那哥哥的手，送哥送到大门口……

——代题记

信天而游，顺天而生，道不尽万千豪情；扶摇而浪，天籁神曲，述不完古今人文。赫赫中华，泱泱万民，辈辈繁衍，代代传承。自绵绵黄土起家，侍农桑而稼五谷；与浩浩天地共融，征自然而唱新声。大禹厚德，领陕北先民凿山治水；千夫同心，吼加油号子三秦声震。生灵洗耳，一曲千回百转；莽原听醉，一音响彻万峰。寄生民之憧憬，书百姓之心声。老镢镌刻，秦川相拥，民歌巨著，浑然天成。民谣流布陕北，风格秉承《诗经》。世纪遗音信天游，千年黄土埋老根。江南丝竹，羌笛古风，中原旋律，龟兹遗韵。体味传统审美，融入生命基因。曼声而唱，矢口寄兴，声成于音，情发于声。奇葩一朵，极具魅力，名满天下，盛世殊荣。黄土飞扬间，以高原作屏；深沟峁梁处，以爱情为魂。掀起高原热浪，唱响陕北声音。曲调开阔，纯朴生动，简洁易懂，转韵比兴。展喉高唱，流露真善美；千百回环，蕴藏精气神。悲壮清峻，苍茫空灵，刚毅饱满，沉郁时存。抑扬跌宕之中，直抒胸臆；沧婉浓烈之时，体味恢宏。歌词走心，量比烟海，名篇迭出，多如针林。上至日月星辰，雨露风云；下摄虫鱼鸟兽，奇峰异景。缠绵悱恻，尤为儿女情长；千般信念，最是山歌抒情。

五洲同歌，四海齐声，千般在野，异彩纷呈。地位显赫，民歌之压箱；音色铿锵，天籁之矩阵。爱之无理，唱之无台，生仰慕之意；歌之无人，醉之入心，于忘我之境。白巾红衣，粗服不掩国色；起兴和唱，梵音彰显空灵。珠联璧合，熠熠生辉，时空经纬，织罗常情。流走于沟溪，游荡于天堂，回音于山峁，沉淀于封尘。久久芬芳，传唱于百姓之家；淡妆彩素，独秀于艺苑之林。

一抬一呛，一唱一和，山头对歌，尽显真情。情之所至，呼唤天性，心之所动，亦觞亦咏。万夫祈雨，不屈诘问，勤劳智慧，豁达自信。容颜易老，皱纹盘旋一道道梁；岁月流逝，青春化作几回回梦。长河落日，瘦马西风，平川沃野，大气如虹。沟沟坎坎之中，历人生大起大落；云卷云舒之外，见夕阳别样映红。闻古道故人渐远，望长安楼宇恢宏。情郎出关，新婚离别，满目凝视沃野；长途跋涉，思念如潮，一路歌飞苍穹。一曲走西口，令关隘泪盈；一首信天游，让长城动容。沧桑厚重，演绎雄浑深沉；广袤无垠，淋漓淳朴率真。九曲黄河逝者如斯夫，信天游里陕北大写真。九十九道弯上行船，九十九座庙前呐喊。春雷彻大地，喊声盈天宇，鼓王秀绝活，猴子拜观音。山水环抱处，即可生根；生死交集中，即可起兴。天下黄河万古行，千古绝唱歌生灵。

天地对话，抒发内心，天人合一，超然大境。以百姓而欢，以百姓而忧，不落俗套，直通民心。坐标文明，月殊日新，精神福地，灿若星辰。《东方红》让四十亿国人铭记，《兰花花》教五十六民族落泪。贺敬之名作《回延安》，一生钟情，歌不尽岁月几多变迁；张天恩编创《赶牲灵》，心路丈量，唱不完韶华多少艰辛。民歌大王贺玉堂，陕北歌王王向荣，高亢豪迈，一声声惊动黄河；阿宝深情山丹丹，二妮歌唱姐妹花，明净空灵，一双双登上央视。大剧院为之喝彩，维也纳为之开怀。

旭日朝阳，遍地鎏金，落日余晖，真意溶溶。难忘信天游，一曲永流长。凝民族之情结，映时代之烙印，沐和谐之新风，启锦绣之前程。

注释：

①信天游是流传在中国西北广大地区的一种民歌形式。其歌词是以七字格二二三式为基本句格式的上下句变文体，以浪漫主义的比兴手法见长。它便是陕北民歌。在陕北它叫“信天游”，又称“顺天游”“小曲子”，在山西被称为“山曲”，在内蒙古则被叫作“爬山调”。

陕北剪纸赋

华夏艺苑，争奇斗艳，文化瑰宝，层出不凡。千刀不断，万刀丝连，非遗剪纸，高雅自然。聚黄土之风情，集群芳之锦绣，乘时代之风帆，载艺术之流传。厚土神韵，延水潺潺，育民族之经典，孕遗产之摇篮。承轩辕之厚德，侍农桑之开端，演图腾之变化，记生命之繁衍。

紫云朵朵，风韵翩翩，镂空艺术，文化遗产①。风情隽永，别开生面，大千世界，万象毕现。叹佳作之手巧，赏风景于画卷。奇思构想，姑娘挥剪于尺幅之内；逸兴遄飞，巧妇游刃于纤毫之间。均匀质感，精致微观，绚丽多彩，勾勒自然。形状玲珑满目，线条组合斑斓。老腔一吼，陕味飘上云霄；剪纸一出，秦韵弥漫九天。男人一把镢，女人一把剪。盘腿屈膝，与针线为伍；静心窑洞，和镂花为伴。神话图腾，信手拈来，山川织锦，翠镶玉嵌。铺红盖绿，色彩喧妍，装裱悬挂，臻品光环。剪工细致剔透，造型生动逼真，图案空灵俊气，线条曲直洗练。陕北儿女为之骄傲，炎黄子孙为之自豪。八百里秦川，红红火火；十三朝古都，粲粲艳艳。

艺术锦集，繁花长卷，应物赋形，寓意非凡。瑞鹤祥鸣，鹿鹤同春，祈福禄长寿[②]；梅开五瓣，瓣瓣相连，喻五福齐全。龙凤呈祥，寄托美好夙愿；鸳鸯戏水，忠贞爱情姻缘。洞房花烛夜，吉鹰踏兔，生命繁衍[③]；新春佳节时，窗花门笺，阖家平安。春蚕吐丝，笔走蛇龙，云锦绵绵，工艺精湛。云纹高升如意，云钩抱角巧变。十二生肖图腾，二十四孝壁案，谐音暗语，象征双关。怪中藏秀，虚实变幻，奇中见平，秀美昭然。大巧若拙，寓野于秀，飘逸浪漫，动人心弦。意象大气，涉景千帆，充满黄土气息，借鉴汉画石砖。纳日月之精华，绘秀丽之奇观。注神话之元素，融美学之内涵，凸民族之特色，吊历史之兴叹。文人墨客，竹梅菊兰，浣女钟情，金鲤闹莲。镂花玉簪，悬于佳人之首；蜂蝶蹁跹，戏于花海公园。神州南北八荒滋养，大河东西四方积淀。逾越千年，古今人物折腰膜拜；相交相融，华夏儿女躬身精研。

剪纸人生，孜孜不倦，眼不离手，手不释剪。艺术之根，生于人间，民俗之魂，融入自然。成就剪纸文化，洞察人世风烟。世世代代，岁岁年年，传承赓续，流传馨远。丹青荟萃，葳蕤指南，琼花芬芳，泽被绵延。出自窑洞里，走进爱马仕，蜚声于中外，雀跃于艺坛。民俗大师曹佃祥，剪纸艺人高凤莲，蝉联华夏桂冠，问鼎名族艺苑④。是为主席青睐，赢得总理关注，中华人民共和国文化和旅游部表彰，联合国点赞。历史伟人，赋诗题词，时代先贤，以彰风范。

与时俱进，时时迭变，培育新秀，赖兹流传。创新历程维辛，传承之路漫漫。艺术情怀，谁可比肩，致敬经典，剪得非凡。

注释：

①剪纸：是一种镂空艺术和最为流行的民间艺术，在延安民间美术群中独显魁首，淋漓尽致地概括了中国民间艺术的造型观念、美学观念和哲学概念，是陕北最具代表性的民间艺术形式。

②“鹿鹤同春”，象征着春天和生命，又名“六合同春”。“六合”，是指“天地四方”（天地和东西南北），亦泛指天下。民间鹿与禄同音，鹤又被视为长寿的大鸟，因此，鹿与鹤在一起又有福禄长寿之意。在古代民间社会生产力相对低的情况下，人力劳动成为生存的保证，摆脱病魔和死亡的痛苦是人们永恒的理想。

③“鹰踏兔”纹样是一种流传最广、深受民众喜爱的传

统符号，是民间洞房的喜花之一。在民间观念中，鹰属阳性，隐喻男子，同鸡、鸟、鸦一样。兔属阴性，象征女子。鹰踏兔，也是男女情爱，阴阳相合的象征。民间剪纸中常见的喜花以隐喻的方式，表达出对生命繁衍生息的崇拜和追求。

④曹佃祥、高凤莲等被中华人民共和国文化部和联合国教科文组织总部命名为民间剪纸艺术大师。

延安五鼓赋①

神州极立，世运呈祥，千古强音，声震四方。气势恢宏，慨当以慷，铜锣喧天，东风合唱。千夫齐鼓，声威共襄，黄河为之咆哮，山川为之喝彩，万马为之奔腾，蛟龙为之击浪。铁马冰河，三军擂鼓响彻云霄；古来战事，兵将厮杀醉卧沙场。遒劲雄浑，瑰丽吐艳，前程似锦，屡受嘉奖。演绎黄土风情，谱奏高原灼章。五鼓蕴铿锵之美使山河吐气，汉子吼雄厚之音令九州眉扬。八百里秦川，秦岭屏障；十三朝古都，帝业以彰。声贯丝路，势开康庄，延安五鼓，域内流芳。

安塞腰鼓，宋砖画像，都城汴梁②，繁荣景象。尧天溢彩，艺术光芒，大地生辉，腰鼓开创。武士戴巾，身着戎装，坎肩战裙，意蕴悠长。狼烟四起，报警助战传军情；升平景象，祈求丰收佑八方③。胸佩护心镜，脚蹬火蛋鞋，汉子显风流，妇孺皆崇仰。西川派、北川派，派派流传；文腰鼓、武腰鼓，鼓鼓响亮。宫廷御用，百官尽赏，民间演绎，走红四方。一路欢歌，南闯北荡，攀登殿堂，无限风光。陕北众千人，天安门集体亮相；天下第一鼓，海内外人民赞扬。

宜川胸鼓，秦晋之光。源自河津，宜川发扬，艺术奇葩，熠熠高翔[④]。佩戴英雄花，开场吉祥；黑白短衣着，堂堂登场。摆头俏，踢腿狂，击鼓狠，行进张。脚穿登云鞋，宛若高鹤；腰系彩色绸，形似螳螂。气势磅礴，雅俗共赏，绚丽多彩，余晖反光。左手握鼓，右手持棒，群打为主，单演争芳。技高者一人挎数鼓，胆大者立于扁担上。鼓点花而不乱，动作巧而衔接，节奏起伏有韵，舞步变幻流畅。刚劲矫健，潇洒爽朗，节拍明快，清脆奔放。

洛川蹩鼓，汉韵流觞[⑤]。胸系大鼓，背插旌旗，腰扎战袍，气宇轩昂。搓步刚健，惊羡玉郎，拧摆柔美，醉落凤凰。鼓声隆隆，彻天而响，钹锣齐鸣，百鸟惊翔。左冲右扑，动作粗犷，前攻后博，如临战场。白马分鬃，战士守疆，对阵交错，烈烈气场。四进四出，闪躲遁藏，蝎子拧尾，绝活独创。

志丹扇鼓，神话迭章。牧者落寂，灵巧制鼓，意在玩赏，后世流芳[⑥]。通神之物，祈求风调雨顺；灵气加持，佑护人畜兴旺。羊皮精选，鼓面扇状，材质堪忧，音飘锦堂。解闷游艺，御敌驱狼，三九连环，寓意非常。憧憬平安，高瞻远望，重礼祭祀，铜钱铿锵。大度开阖，自如弛张，古风悠悠，妙境画廊。若吼若啸，若痴若狂，浑然天成，清脆响亮。人助鼓力，鼓显人威，擎鼓朝天，胜利以彰。西北荒凉，蛮夷画地为牢；中原沃土，豪杰割据称王。文史赫赫，多少风俗流传；神话粲粲，志丹扇鼓永昌。

黄龙猎鼓，脉承炎黄，斗兽锣鼓，原始光芒[⑦]。万木争荣，林海莽莽，天赐福地，物丰云祥。东望老虎脑，西毗豹子岭，时时异类出没；南瞰熊掌坡，北为狮子林，常常财损人伤。神奇传说，与猛虎博弈；惊心动魄，和野兽争壤。出巡兽现，鼓乐悠长。长发披肩，头戴冠冕，体现男儿风采；手执花竿，脚穿草鞋，梦回原始标彰。赤膀露胸，昭示坦荡，腰系图腾，龙族光芒。铜器纵队，浩浩荡荡，人山人海，威武昂扬。幡旗五面，龙旗为上，虎豹雄狮，分列两旁。风骨刚劲，鼓乐雄壮，气势如虹，激情奔放。鼓之舞之以敬神灵，兴之荣之以慰上苍。道法自然，敦惠八荒，和谐共生，源远流长。

延安五鼓，艺术辉煌，特色各异，豪情同彰。称其成就斐然，俊彦领航；羡其蝉联大奖，放眼五洋。百舸争流，发展与创新同睨，赞誉绕梁，艺术与文化共襄。

注释：

①延安五鼓艺术是陕西省延安市的洛川蹩鼓、安塞腰鼓、宜川胸鼓、志丹扇鼓、黄龙猎鼓五种传统民间鼓舞。

②从延安梁村乡王庄村古墓发掘出两块腰鼓画像砖，人物造型、装束同现今腰鼓舞姿吻合。经专家鉴定，为宋代墓葬，因而断定腰鼓舞在延安至少有千年以上历史。

③据传，秦汉时期，驻守安塞士卒，每人除备刀枪外，还有一个腰鼓，它起着报警、传递军情、助战等作用，战斗胜利，士兵兴奋，击鼓以示庆祝。后因战争停息，腰鼓便从军事用途逐渐发展成为当地民众祈求神灵、祝愿丰收、欢度春节时的一种民俗舞蹈。

④胸鼓也称花鼓，据传是从山西省河津县传入宜川县的，经过不断的锤炼、创新、改进，成为延安市民间艺术奇葩。

⑤秦汉时期，蹩鼓就已经形成。表演时，鼓声隆隆，钹锣齐鸣，鼓手们东蹦西跳，左冲右扑，充分表现出古代将士们拼杀搏斗的场景。

⑥传说早在北宋时，一放牧者，甚是寂寞，无聊中将羊皮箍在一簸箕形的框上，敲击取乐，这便是最早的扇鼓的雏形。一次野狼窜入羊群中，牧民无措中乱击其鼓，野狼惊恐逃遁。此后，众牧民皆效仿制作，放牧中一面御敌，一面解闷游艺，久而久之便产生了扇鼓舞。

⑦黄龙猎鼓是围猎野兽时击打的一种鼓，源于延安市黄龙县白马滩乡一带。相传从黄帝时代便已产生这种民间舞蹈。表演时，演员分别扮为猎手和野兽，表演程式分为出巡、兽现、围猎、庆典四个部分，原始野味颇浓。

陕北窑洞赋

皇天后土，广峁宽塬，五岳不及，三秦独占。沟壑纵横，群山毗连，气候干燥，绝类景观。窑洞开凿于山间，若群星点点；油灯照亮在窑中，如银河灿灿。

陕北窑洞，历史悠远，亘古千年，代代流传。原始时期部落群居，夏商伊始撅穴而建。天人合一，融入自然。中华文明之遗迹，世界建筑之祖先，时代进步之见证，一域文化之摇篮。地方味道，特色明显，春温秋干，夏凉冬暖。就地而箍，形似弓背，依山而建，比若星点。层叠而上宛若层楼，石板搭檐蔚为壮观。坐落悬崖，防御野兽，靠近河谷，饮水方便。御风御寒，保温保暖，防火防盗，僻壤安全。三大造型星罗棋布[①]，千万人家血脉相连。一镢一铲，融入先民之勤奋；一洞一窑，顺应天时和自然。合龙口内置物件，乔迁时待客摆宴[2]。成本低廉，价值颇高，血汗之凝结，智慧之体现。

取道自然，下方上圆，孕育生命，赖兹繁衍。三五并列，整齐划一，安身之栖所，避风之港湾。广厦千顷，夜宿不过一间；珍馐万种，饱腹始终三餐。布衣皆寒，凤凰涅槃，王侯将相，大任可担。韩信受胯下之辱，位列淮阴侯；白起凭过人谋识，听封金銮殿。一介草民，陈胜吴广，揭竿而举大旗；泗水亭长，武帝刘邦，雄心以得江山。明太祖朱元璋，小乞丐华丽转变；客家人洪秀全，大革命全国席卷。柳青伏案，煌煌一本《创业史》；忠实厚德，昭昭一部《白鹿原》。路遥大笔如椽，心血铸就不平凡；芦苇思想前卫[3]，编剧无人可比肩。十三年风雨落陕北，无数次惊雷出延安。主席油灯枣园中，雄文出自窑洞间。多少战役是奇迹，百篇文章成经典。运筹帷幄，决胜于千里之外；神机妙算，夹烟于两指之间。

黄土无际，耕退林还，山原凝翠，沟壑清涧。微风徐徐，百花艳艳，揽云于怀中，梦飞于霄汉。夜月蝉鸣，田野蛙声，避暑于树下，戏水于河湾。庆丰收之喜悦，舒开怀之笑颜。六月麦黄，农忙于耕畔；腊月雪盖，悠闲于别院。红椒串串，大枣盘盘，闲闲对语，款款交谈。饮酒于桌前，煮茶于窑间。酸甜苦辣，熬成一盅罐罐茶；柴米油盐，拾掇一顿家常饭。

黄皮肤，老茧手，道道皱纹留不住时间流逝；白头巾，旱烟袋，缕缕白发掩不了沧海桑田。剪纸镂空，寓意非凡，五彩缤纷，锦绣梦幻。门窗装饰，艺术体现，琳琅满目，色彩斑斓。莲花悬窗，菱形镶嵌，图腾繁多，扇面舒展。一排排窑洞，形成陕北特色；一座座院落，交织历史斑斓。民俗民风，久久积淀，人物人文，代代绵延。窑洞变小店，生意兴隆；民俗成经典，旅游发展。北方民族遗风，自然生态文明，成就真艺术，申请非遗产。

河汉浩渺，星月垂悬，污垢终是污垢，经典依旧经典。陈世美高中状元攀龙枝，秦香莲携子进京不遂愿；薛平贵东征渤辽无音讯，王宝钏苦守寒窑十八年。功成名就初心改，荣华富贵迷人眼。若是良心且难安，世间定有回头岸。有多少职场男女，沦为房奴；看无数海誓山盟，败给金钱。一分一文，压死骆驼，一宅一院，别了人间。杜甫心系天下寒士，茅屋为秋风所破；海瑞注目人间疾苦，青天被殷红所染。物欲横流，煮茶清欢，是非曲直，日月可鉴。

改革开放，菜篮子工程雨后春笋；时至今日，新农村建设阔步向前。察浩浩陕北，窑洞逐步减少；望滚滚西部，城乡正在接连。时代进步，建筑更新换代；社会变迁，痛点在所难免。文明延续，他日常见之物渐成稀品；精神传承，如今没落之迹有待还原。嗟乎！观景作赋，浮想联翩，句句拙言，喜忧参半。

注释：

①窑洞有崖窑、地窑和箍窑三种。

崖窑：沿直立土崖横向挖掘的土洞，每洞宽三至四米，深五至九米，直壁高度二至三米，窑顶掘成半圆或长圆的筒拱。并列各窑可由窑间隧洞相通。也可窑上加窑，上下窑之间内部可掘出阶道相连。

地窑：是在平地掘出方形或矩形地坑，形成地院，再在地坑各壁横向掘窑，多用在缺少天然崖壁的地段。人在平地，只能看见地院树梢，不见房屋。

箍窑：不是真正的窑洞，是以砖或土坯在平地仿窑洞形状箍砌的洞形房屋。箍窑可为单层，也可建成为楼。若上层也是箍窑即称“窑上窑”；若上层是木结构房屋则称“窑上房”。

②陕北人心目中，修窑洞就是置产业，因此，修缮时期颇为讲究。最热闹的仪式就是“合龙口”，窑洞建成之时，工匠在中间一孔窑洞顶上留下仅容一砖或者一石的空隙，放置钱币、香烛、筷子等，用系了红布、五色线的砖或者石头缝合，然后放鞭炮，乔迁之时摆宴席，喝喜酒，为“暖窑”。

③芦苇：中国内地著名编剧，代表作品《霸王别姬》《活

着》《黄河谣》《红樱桃》《等待》《白鹿原》《狼图腾》。芦苇的作品倾心于西部和历史两个领域，追求历史意识和史诗品格，在思想内涵上更关注人和人文内涵，在具体的剧本创作过程中又善于处理类型与艺术的关系，在与导演、演员的互动中创作和完善剧本，形成了鲜明的个人风格，是中国编剧里程碑式的人物。

守住内心的荒芜

要知道，在二十出头的年纪，做着耄耋之年思忆起来都觉得欣慰的事，是何其的幸运。于我而言，读书和写作是一个自我和解的过程，也是一个创造自信的过程。写进书里的，不仅是与时光一起消逝的青春，而且包括对于这个社会的认知、热爱和思考，以及处于这个阶段的整个心灵世界。

对我来说，写作的过程，是一个不断弥补缺憾的过程。记得在第一部书的后记中我这样写道：愿下一本书里，可以遇见更好的自己。在《延安，延安》的创作过程中，我不断地修复第一本书留下来的遗憾，当然修复的过程，极为不易和艰辛。从2019年3月第一次进入延安采风，到如今新书进入出版程序，已经整整三个年头。在这期间，我的足迹踏遍了延安，蒙受风尘，涉过水渠。前前后后十三次进入延安地区，我对这片异乡的土地，产生了浓厚的感情。这里民风淳朴，这里的人像黄土地一样纯朴、热情又健谈。陕北有大气场，这片土地对异乡人有些别样的包容和接纳，十三次前往，我早已融入了这块土地。一个异乡人屡次奔赴延安，让自己的心灵与这块热情的土地同步震颤，这便是这片黄土地的灵性。与此同时，这片土地又像在排斥着他乡的来人，在采风的过程中，我遇到暴雨、车祸，还有诸多的波折，让我感受到了“欲渡黄河冰塞川，将登太行雪满山”的境遇，像是这片土地在考验我。好在千难万难，我还是坚持了下来，那些过往的不易，最终演变成了文字。这三个年头，如同做了苦行僧一般的工作，而我，才二十几岁，人微言轻，理当自尔。《延安，延安》的创作，需要查阅大量的地方志书，青灯黄卷下长时间翻阅做记录。一帧帧，一件件，为那些英雄的事迹感动着、震撼着，我仿佛看见了，记忆里的一片无边无际的鲜红，那时那刻，能深切体会到这片土地的历史变迁。曾经战火弥漫，曾经改天换地，这片土地承载了太多，留下过浓墨重彩的一笔。当然，为了这浓墨重彩的一笔，多少人寄意寒星荃不察，以血荐轩辕。

世界上值得倍加珍惜的，是我们相遇的人，游历的路，相逢的事。选择文学，是幸运也是不幸，需承受常人难以承受的孤独。当然，文学也是一个让人成长的选择，山川终是不卷收的册页，日月掌灯相逢，我们用脚步丈量过的地方，依然有生命在歌唱。创作已然成为我生命的一部分，一路彳亍，享受用文字记录这一路的荒芜，痴于书，成于书，文学之火将在我心中燃起。

我不愿内心被太多的凡尘俗世占据，因此，选择文学，选择用它来守护我内心的荒芜。我这样做或许是自私的，但请读者原谅我的自私。

我要特别感谢为本书作序的谷溪老师，耄耋之年的他为这本书的出版做了大量的工作，如果没有他的帮助，这本书或许会石沉大海。就像曹老所说，他看到辛勤创作的年轻人，就想起了他的挚友路遥，想起了那个年代一群人为文学做牛做马的日子，他说他将尽力助推《延安，延安》的出版。曹老的一言一行，都令我这个后生感动不已，正是他不断地提供思路和想法，才将出版事宜一步步推上了日程。慢慢回想，或许我对延安这片土地的牵挂，更多的是对这位老人的牵挂。新书出版之际，歌剧《白毛女》作者、九十七岁的贺敬之爷爷为新书题写书名，中华诗词学会顾问、九十岁高龄的张勃兴爷爷为新书题字，还有著名作家陈彦、厚夫等老师为新书书写推荐语。《延安，延安》在初稿完成后又进行了两次漫长的改稿，它在建党一百周年之际能够出版发行，与各位老师的扶掖推荐分不开。我由衷地感谢他们，谨记前辈们的教诲，创作出更满意的作品！

牛维维

2021年3月于古城西安